JN148592

中国ミステリー探訪

千年の事件簿から

井波律子

潮文庫

中国ミステリー探訪　目次

装丁・本文デザイン――仁川範子
編集協力――水野拓央

中国ミステリー探訪

千年の事件簿から

まえがき

本書は、全七十三回にわたり、三世紀中頃から二十世紀中頃に至るまで、えんえん千数百年の間に著された作品をとりあげながら、「中国ミステリー」の世界を探訪したものである。いうまでもなく、「ミステリー」は、近代以降の欧米において成立した文学ジャンルであるが、本書では、より広く「犯罪を扱った作品」といった程度の意味で、「ミステリー」なる語を用いている。

詳しくは「あとがき」を参照されたいが、六朝《りくちょう》時代に大量に作られた怪奇短編小説「志怪《しかい》」以来、長い長い前史を経て、中国で「ミステリー」が一つのジャンルとして、はじめて意識されたのは、十六世紀末から十七世紀初めの明《みん》末である。この時期に至り、短編ミステリー集が『～公案《こうあん》』と銘打たれて、続々と刊行され、俗文学のなかに、「公案小説（事件小説）」というジャンルが出現する。あまた刊行された公案短編小説集のなかで、もっとも上質で興趣にあふれるのは『包《ほう》（龍図《りゅうと》）公案』である。これは、北宋《ほくそう》の伝説的名裁判官包拯《ほうじょう》の名裁きをテーマとする短編ミステリー集だが、仰天するほど奇抜な話も多く、本書ではかなりの紙数をさいて、重点的に紹介した。

中国独特のミステリー形式である公案短編小説がこうして明末に極盛期を迎えたあと、十七世紀後半の清《しん》代以降、中国ミステリーはしばし模索の時期に入る。しかし、文人たちが筆記《ひっき》（記録・随筆）のジャンルでしきりに犯罪関連のエッセイを書きつづったり、公案小説に武侠《ぶきょう》的要素を付加した長編の公案・武侠小説が大歓迎されるなど、ミステリー熱じたいはいっこうに衰える気配はなかった。

こうした素地のうえにたつ中国ミステリーの世界を、根底から揺るがしたのは、清末から中華民国初期（十九世紀末―二十世紀初頭）のウェスタン・インパクトである。この時期に至り、コナン・ドイルのシャーロック・ホームズ物やモーリス・ルブランのアルセーヌ・ルパン物など、おびただしい外国ミステリーがいっきょに翻訳された。これに刺激を受けて、程小青《ていしょうせい》を代表とする新しい視点から創作する偵探《ていたん》（ミステリー）作家が誕生し、中国ミステリーの世界は大きく変貌する。

本書では、六朝志怪から二十世紀の偵探小説（中国では探偵小説をこう称する）に至るまで、具体的な作品を通して中国ミステリーの軌跡をたどった。なにぶん、伝統中国で正統的な文学と認知されたのは詩文であり、小説や戯曲は俗文学として軽視されるのが常であった。ましてや公案小説などは、単なる「消遣《シャオチエン》（暇つぶし）」の対象にすぎず、まともに論じられることなどなかったといってよい。最近、ようやく中国でもこの分野に関する関心が高まったのか、「公案小説史」と銘打った著述もまま刊行されるようになった。

という事情もあって、本書でとりあげた百篇近い作品のうちには、日本では翻訳もないものもかなり含まれている。本書は、中国にはこんな面白い「犯罪を扱った作品」がヤマとあるのだ、という紹介をかねたものにほかならない。本書の末尾に付した連環画も、そんな紹介の一環である（なお連環画とは、小説や故事、偉人伝などを絵と文で物語る表現様式で、その原形は宋代にまでさかのぼるという）。

説明はこのくらいにして、まずは奇想天外なる中国ミステリーの世界の探訪にくりだすことにしよう。

第一話

怨みの緑血

十九世紀末から二十世紀初頭にかけ、中国ではコナン・ドイルの著したシャーロック・ホームズ物を中心に、外国ミステリーが盛んに翻訳され、多くの読者を得た。それもいわれのないことではない。もともと中国には古くからミステリー風の作品が存在していたのだ。

三世紀中頃に始まる六朝《りくちょう》時代から、中国では「志怪《しかい》」と呼ばれる怪奇短編小説が作られるようになった。このなかには、今でいう怪奇ミステリー風の作品もかなり含まれている。

以来、名裁判官が快刀乱麻を断つごとく、難事件を鮮やかに解決するさまを描く、明《みん》・清《しん》の「公案《こうあん》小説（事件小説）」に至るまで、千数百年にわたり、さまざまなスタイルの中国式ミステリーが連綿と作られつづけてきた。想像を絶する奇怪な事件に満ちあふれた、中国式ミステリーの世界とはいかなるものか。まずは、六朝志怪小説から探訪し

元曲「竇娥寃」（『元曲選』）

物語の道具立て、後の作品の基本に

てみよう。

東晋《とうしん》（三一七―四二〇）の干宝《かんぽう》（生没年不詳）が著した、六朝志怪小説の最高峰『捜神《そうしん》記《き》』には、幽霊譚《ゆうれいたん》や妖怪譚《ようかいたん》など、ありとあらゆる怪異な話が網羅的に収録されている。このなかには、怪奇ミステリーの味わいをもつ作品もかなり見られる。たとえば、「東《とう》海《かい》の孝婦」と題する話は、次のように展開される。

漢代、東海郡（山東省）に姑《しゅうとめ》を大切にし、よく尽くす嫁がいた。姑は貧しい暮らしのなかで、苦労する嫁を不憫《ふびん》に思い、これ以上、迷惑をかけたくないと自殺してしまった。しかし、あろうことか、邪悪な小姑《こじゅうと》が「嫁が母を殺した」と役所に訴え出たため、嫁は逮捕され、きびしい拷問に耐えかねて、無実の罪を認めてしまい、死刑の判決を受ける。于《う》公という裁判官がどうも変だと思い、嫁の無実を主張するが、上役の太守《たいしゅ》（郡の長官）がわからずやで耳を貸さず、とうとう死刑執行の運びとなる。その当日、嫁は最後の願いだと、刑場に向かう車に高さ十丈（東晋時代の十丈は約二十四メートル）の竹竿《たけざお》を立て、その上に五色の幟《のぼり》を掲げさせると、見物人に向かって、

「本当に無実で殺されるなら、私の血は逆に流れるでしょう」

と宣言する。

死刑が執行されたとき、なんと彼女の体から流れ出した緑色の血が、するすると竹竿をつたって上へあがり、てっぺんまで行くと、また降りて来たのだった。彼女を処刑した太守が在任していた間、東海郡は旱魃《かんばつ》に見舞われた。三年後、新任の太守が着任し、かの裁判官于公の助言を入れて、嫁の墓前で祭りをおこなうと、ようやく雨が降ったという。

この話は神秘的色彩を帯びてはいるが、すでに冤《えん》罪や事件の真相を見抜く名裁判官といった、後世の中国式ミステリーの基本的道具立てが、萌芽《ほうが》の形ながら備わっている。ちなみに、元《げん》代（一二七九―一三六八）の戯曲（元曲《げんきょく》）「竇《とう》娥冤」（関漢卿《かんかんけい》作）は、物語展開こそはるかに複雑巧妙になっているものの、実はこの「東海の孝婦」を下敷きにしたものにほかならない。まさに中国は典故（故実）の国、ミステリーの世界も例外ではないのである。

第二話

道ならぬ恋の果てに

いうまでもなく、ミステリーの世界は主として、怨恨《えんこん》や欲望の暴発など、人の心の闇《やみ》が引き起こす異常な事件や犯罪を核として、展開される。中国式ミステリーにおいても、古今を問わず、金銭絡みや愛憎絡みの話が圧倒的に多い。とりわけ、「道ならぬ恋」の行き着く果ての、凄惨《せいさん》な事件を描いた話はそれこそ枚挙に暇《いとま》がない。東晋の干宝《かんぽう》著『捜《そう》神記《しんき》』に収められた「厳遵《げんじゅん》」は、その早い例である。

揚《よう》州（江蘇省）刺史《しし》（長官）の厳遵はあるとき、道端で女の泣き声を聞いた。その泣き声にはなぜか悲しみの響きがない。不審を抱いた厳遵が女に聞くと、「夫が焼死したのです」と言う。厳遵は部下に命じて、夫の死体をかついで来させ、死体と話しはじめた。その結果、厳遵は「死人は焼死したのではないと言っておるぞ」と言い、部下にしばらく死体を監視させることにした。やがて、頭に蠅《はえ》がたかっていると報告があり、調べてみると、なんと頭部に鉄の錐《きり》が打ち込まれていた。女を問いつめたところ、愛人ができ

占い師（ただし明代の『類編暦法通書大全』所収）

犯罪に手を染めるのは妻

ために夫が邪魔になり、殺して焼いたことが判明した。

この話は、死人と話した厳遵の超能力を称《たた》える形を取っているが、その実、死人に口なし。これは、むろん妻のウソ泣きに不審を感じた厳遵の演技である。ちなみに、後世の公案小説にはこの話にヒントを得て、名裁判官が死人や幽霊と語り合うポーズを取って、事件の真相をあばく筋立てがしばしば見られる。

もっとも、殺人事件のプロセスやその謎《なぞ》解きに神秘的要素を絡ませるのは、中国式ミステリーのいわば常套《じょうとう》手段である。ずっと時代が下った南宋《なんそう》（一一二七—一二七九）に編纂された裁判説話集、『棠陰比事《とういんひじ》』（桂万栄《けいばんえい》編）に見える不倫絡みの事件もそうだ。『棠陰比事』は江戸の日本に伝わり、『大岡政談』などの成立に深い影響を与えた作品である。

さて、『棠陰比事』に見える話は以下のとおり。

董豊《とうほう》という人物が遊学から帰り、妻の実家に泊まったところ、その夜、妻が何者かに殺害された。董豊が犯人と目され逮捕されるが、まったく身に覚えがない。司法長官が冤罪ではないかと疑いを抱き、問いただすと、董豊はこう言った。遊学中に嫌な夢を見たので占ってもらうと、「三度枕《まくら》を遠ざけ、三度沐浴《もくよく》を避けるように」と助言された。あのとき、妻は沐浴のしたくをし、枕を出してくれたが、占い師の助言を思い出して断った。このため、妻が代わりに沐浴しその枕をして眠った、と。

この話を聞いた司法長官はピンとくるものがあり、ただちに妻の愛人を割り出し逮捕した。妻は愛人と共謀して董豊を殺そうとしたが、愛人は暗闇のなかで枕を目印にして斬《き》りつけ、誤って妻を殺してしまったのである。

この話では、先の『捜神記』のケースとは異なり、不倫の妻があえなく命を落としたわけだが、それにしてもこの手の話では、道ならぬ恋に落ちて犯罪に手を染めるのは、だいたい妻のほうだ。一夫多妻の時代のこととはいえ、どうも割の合わない話ではある。

第三話

事件のかげに事件あり

前話で東晋の干宝《かんぽう》著『捜神記《そうしんき》』の「厳遵《げんじゅん》」という話をとりあげた。夫の亡骸《なきがら》の前でウソ泣きしている女の姿に、不審を覚えた役人が調べてみると、夫の頭に鉄の錐《きり》が打ち込まれていたというものである。

十六世紀末の明《みん》末に編纂された、公案（事件）小説集『包公案《ほうこうあん》』（作者不詳。白話《はくわ》で書かれた約百篇の短編を収録。白話については第八話を参照）に、これを下敷きにした話（「白塔巷《はくとうこう》」）が見える。『包公案』の「包」は、北宋に実在した著名な清官《せいかん》（清廉潔白な官僚）、包拯《ほうじょう》（九九九―一〇六二）を指す。包拯の評価はその後、語り物や芝居など民衆芸能の世界で高まる一方、超能力の名裁判官として圧倒的人気を博した。『包公案』はこうして伝承されたさまざまな包拯物語を整理し集大成したものである。

さて、『包公案』の「白塔巷」の話は、ざっと以下のように展開される。

ある日、包拯は白塔の路地を通りかかり、夫を亡くした女の泣き声を耳にする。しか

包拯像

二重殺人の離れ業編み出す

し、なぜかその泣き声には悲しみの響きがない。怪しいと思った包拯が女を呼び出し尋問したところ、女（呉《ご》氏）は「私の夫は漬物売りの劉十二《リウシーアル》です。急病で死亡し、葬式も埋葬もすませましたが、悲しくてたまらず、泣いていたのです」と言う。しかし、呉氏の顔はきれいに化粧されており、ますますもって怪しい。

かくして、包拯は埋葬にあたった葬儀屋の陳尚《ちんしょう》に命じて、劉十二の墓を開かせ、死体を検証させたが、陳尚は別に不審な点はないという。包拯は激怒し、三日以内に殺害の証拠を見つけなければ、おまえを処罰するぞと、陳尚をどやしつけた。

帰宅した陳尚は考え込むばかり。これを見た妻の楊《よう》氏は「鼻のなかを調べてみましたか」と助言する。そこで、劉十二の鼻のなかを調べてみると、なんと鉄釘《てつくぎ》が二本打ち込まれており、これが脳髄に達したため、死んだことが判明した。陳尚の報告を受けた包拯が、呉氏を逮捕・処刑したことはいうまでもない。

ここまでの展開は『捜神記』の話をなぞったものだが、『包公案』の話には後日談がある。包拯は鼻のなかに着目した陳尚の妻楊氏の聡明さを称賛し、役所に呼んで褒美を与えた。このとき、楊氏にさりげなく「陳尚とは初婚か再婚か」と聞くと、楊氏は「前夫は病死し、陳尚とは再婚です」と答えたのだった。

ピンときた包拯は配下の者に命じて、楊氏の前夫の墓を開かせ、死体を検証させた。すると案の定、その鼻のなかに鉄釘が二本打ち込まれていた。まさしく事件のかげに事件あり。楊氏はうっかり自分の経験をもとに助言したせいで、自ら墓穴を掘ったのである。楊氏もまた、包拯によって前夫殺しの罪で裁かれ、処刑されたのであった。

『包公案』の作者は、『捜神記』に収められた古い物語を下敷きにしつつ、これに巧妙に手を加え、見てのとおり、スリリングな二重殺人のミステリーを編み出した。手練の物語作者ならではの離れ業といえよう。

第四話 純愛珍事件

中国の怪奇小説やミステリーに描かれる男女の関係性には、やれ裏切りだ、やれ不倫だと、危険な要素を帯びたものが多い。とはいえ、なかには純愛一筋、一途《いちず》な恋心が招き寄せた珍事件を描いた作品も、ないわけではない。

五世紀前半、劉宋《りゅうそう》（四二〇―四七九）時代の劉義慶《りゅうぎけい》（四〇三―四四四）が編纂したとされる志怪小説集、『幽明録《ゆうめいろく》』に見える「胡粉《おしろい》を売る女」の話が、これにあたる。

ある財産家の一人息子が町を散歩していて、おしろい売りの美少女と出会い、一目惚《ひとめぼ》れするが、自分の気持ちを伝える術《すべ》がない。そこで毎日町へ出かけ、何も言わず、せっせと少女のおしろいを買いつづけた。やがて少女が変だと思い、「どうしておしろいを買うの」と聞くと、息子はようやく「あなたの顔が見たいからです」と思いのたけを打ち明ける。少女はその真情に打たれ、二人は翌日の晩、息子の家で忍び逢《あ》う約束をする。果たせるかな、翌晩、少女は約束どおりやって来た。ところが、なんと息子は少女の

「閒雲庵にて阮三、冤債を償うこと」
（『古今小説』巻四）

陰惨さなく、漂うユーモア

手を握り、躍り上がって喜んだ瞬間、息がつまって頓死《とんし》した。感きわまったのである。少女は仰天し、そのまま逃げ帰ってしまう。

そのあとが大変だった。まず、母親が息子の死に不審を抱き、部屋を調べたところ、おびただしい数のおしろいの包みが出て来た。原因はこのおしろいだと悟った母親は、町のおしろい屋を片っ端から調べて歩き、ついに少女の存在を突き止める。少女のおしろいの包み方が、息子の部屋にあったものと一致したのが、決め手だった。母の執念である。

母親はこの少女が息子を殺したと思い込み、訴え出たため、彼女は逮捕されてしまう。このとき、少女は役人に向かって、息子の亡骸《なきがら》に別れを告げたいと懇願する。念願かなって、彼女が柩《ひつぎ》のなかの息子と対面し、涙ながらに語りかけると、あら不思議、息子はハッと蘇生したのだった。かくて、母親の誤解も解け、二人はめでたく結ばれて、末長く幸せに暮らしたという。

恋がかなうと思った瞬間、頓死してしまったり、死んだと思ったら生き返ったり、すっとぼけた珍事件の連続だが、この話には怪奇ミステリーにありがちな陰惨さがない。まさに上質のユーモア感覚漂う佳篇といえよう。

十七世紀前半の明末、馮夢龍《ふうぼうりゅう》（一五七四―一六四六）によって編纂された三部の白話短編小説集「三言《さんげん》」の一部、『古今小説』（巻四）に、「閒雲庵《かんうんあん》にて阮三《げんさん》、冤債《こいのかり》を償うこと」と題される物語が見える。これまた恋い焦がれた美少女との逢瀬《おうせ》がかなった瞬間、頓死してしまう男の話だが、このケースでは男は蘇生できず、あの世に行ったきりである。ただ、ここでは美少女はいち早く身ごもっており、やがて息子が生まれるが、これが優秀で、成長後、科挙にトップ合格し、美少女も幸福な生涯を送ったとされる。同じく大団円とはいえ、こちらの方はいかにも科挙を極端に重視する、近世中国らしい結末の付け方である。おとぼけ怪奇ミステリーの世界も、常に時代の波にさらされているわけだ。

第五話

亡霊の復讐

中国の怪奇ミステリーには、怨《うら》みをのんで死んだ人間の亡霊が、仇《かたき》にとりついて復《ふく》讐《しゅう》を遂げるという話がよくある。南北朝時代末期、顔之推《がんしすい》（五三一―五九七）が編纂した『冤魂志』は、こうした亡霊復讐譚を集めた異色の志怪小説集である。こんな話がある。

劉宋《りゅうそう》時代のこと、もと名門の張裨《ちょうひ》の家は没落の一途をたどっていた。そんなとき、張裨の美しい孫娘に目を付けた財産家の隣人から、側室にしたいと申し入れがあった。失敬なと腹を立てた張裨が即座に断ると、これを根にもった隣人はなんと張家に火をつけ、張裨は焼死してしまう。

この残虐な放火殺人事件は闇《やみ》から闇に葬られた。やがて、遠方に出かけていた張裨の息子張邦《ちょうほう》が帰郷し、事件の真相を悟るが、勢力家の隣人を憚《はばか》って、これまた訴え出ようとしない。のみならず、その財産に目がくらみ、娘（張裨の孫）を隣人の側室に出す始末。

一年後、張邦の夢のなかに父張裨があらわれ、「親不孝者め、親を見捨てて仇につく

『冤魂志』に登場する周の宣王
（明・張居正ら編『帝鑑図説』より）

殺人の連鎖が怨みの連鎖呼ぶ

とは、おまえも同罪だ」と言うと、持っていた杖《つえ》で張邦を突き刺した。その二日後、張邦は血を吐いて死んだ。張邦の死んだ直後、張裨の亡霊が隣家にあらわれ、「まもなく天罰がくだるだろう」と呪詛《じゅそ》した。その言葉どおり、数日後、隣人もまた急死したのだった。

実の息子さえ容赦しないのだから、なんとも強烈な怨念《おんねん》である。『冤魂志』に登場する亡霊は、概してこのように委細かまわず、加害者や関係者にとりつき、祟《たた》り殺さずにはおかない。『冤魂志』には、そんな強烈な怨念をもった亡霊が大挙して登場する話もある。

はるか昔、周《しゅう》の宣《せん》王（前八二七―前七八二在位）に女鳩《じょきゅう》という側室がいた。彼女は大臣の杜《と》伯《はく》を誘惑したが拒絶され、腹いせに杜伯に言い寄られたと告げ口した。怒った宣王が臣下の司《し》工綺《こうき》と相談し、杜伯を殺害したところ、以来、杜伯の亡霊に悩まされるようになった。

そこで占い師に見てもらうと、直接手を下した司工綺を殺せばよいというので、そのとおりにした。すると、今度は杜伯と司工綺の二人の亡霊に悩まされるようになる。またいった宣王が別の臣下に相談すると、司工綺を殺せといった占い師を殺し、亡霊に謝罪するしかないと言う。そこで占い師を殺したところ、なんと殺した三人（杜伯・司工綺・占い師）の亡霊がそろってあらわれるようになり、けっきょく宣王は彼らに祟《たた》り殺されてしまった。

怨念ドロドロの怖い話が多い『冤魂志』のなかで、殺人の連鎖が怨みの連鎖を呼び、亡霊の数が増えてゆくという、この話にはブラック・ユーモアのセンスがあり、なかなか面白い。ちなみに、『冤魂志』の編者顔之推は、『顔氏家訓《がんしかくん》』の著者として知られる人物。戦乱の世に生きた顔之推の周囲には、理不尽な状況に翻弄《ほんろう》され、怨みをのんで死んでいった者が大勢いた。顔之推は壮絶な亡霊復讐譚集『冤魂志』を編むことによって、彼らの「冤魂」を慰めようとしたのかも知れない。

第六話

漢字に隠された謎

中国では八世紀後半の中唐以降、「唐代伝奇《とうだいでんき》」と総称される短編小説が盛んに作られた。このなかには、犯罪を核とするミステリー仕立ての作品もまま見られる。たとえば「謝小娥伝《しゃしょうがでん》」(李公佐《りこうさ》作)。

富裕な商人の娘、謝小娥は十四歳のとき、父と夫に同行し船旅をしている途中、江賊《こうぞく》(川に出没する強盗団)に襲われた。江賊は彼女の父と夫を殺して金品を強奪し、船を沈没させた。このとき、謝小娥も水中に投げ込まれたが、幸い一命を取りとめ、漂流しているところを、ほかの船に救出される。

その後、謝小娥は尼寺に身を寄せるが、やがて父と夫があいついで夢にあらわれ、それぞれ「字謎《ヅーミー》(漢字による謎《なぞ》かけ)」を用いて、自分を殺した犯人の氏名を告げる。すなわち、父殺しの犯人は「車の中の猴《さる》、門東の草」、夫殺しの犯人は「禾中《かちゅう》の走、一日の夫」だと言うのだ。謝小娥はこの字謎を解くことができず、そのまま数年が経過した。

文字遊び・字謎は伝家の宝刀

李公佐が謎を解く場面
（『初刻拍案驚奇』巻十九 広島大学図書館所蔵）

そんなとき、たまたま李公佐（この小説の作者）が、この「字謎」の解読に成功し、謝小娥に以下のように説明してくれた。すなわち、父殺しの犯人を暗示する字謎については、「『車の中の猴』は、車という字の上下から横棒を一本ずつ取り去れば、『申』の字になる。『申』は十二支では『猴』に当たるから、『車』の中の『猴（申）』といったのだ。また、『門東の草』は、『草カンムリ』の下に『門』および『東』を置けば、『蘭』の字になる。これによれば、おまえの父を殺した者の氏名は『申蘭《しんらん》』だということになる」と。

また夫殺しの犯人については、「『禾（稲ひいては田）中の走』とは、田を走る（突っ切る）のだから、字ではやはり『申』になる。さらにまた、『一日の夫』は、『夫』の上に『一』を加え、下に『日』を加えると、『春』の字になる。これによれば、おまえの夫を殺した者の氏名は『申春《しんしゅん》』だということになる」と。

李公佐のおかげで、仇の氏名を知った謝小娥は、まもなく彼らの居所を突き止め、男装してその家に住み込む。彼女が「申蘭」を殺し、「申春」を役所に引き渡して、父と夫の復讐《ふくしゅう》を遂げたのは、その二年後のことだった。

見てのとおり、この話には、漢字を分解したり合成したりする文字遊び（アナグラム）

が、巧みに組み込まれている。これを皮切りに、文字遊び・字謎は中国ミステリーのいわば伝家《でんか》の宝刀として、物語展開の重要なポイントにしばしば用いられるようになる。

ちなみに、十七世紀初めの明末に編纂された、白話短編小説集『初刻拍案驚奇《しょこくはくあんきょうき》』(凌《りょう》濛初《もうしょ》編)に、この「謝小娥伝」を膨らませた作品がある。こちらの方は、夢のなかで亡霊が犯人をストレートに名指しせず、わざわざ字謎で暗示したのは、「冥土《めいど》の住人は、天の機密を漏らしてはいけないからだ」と説明するなど、いかにも理屈っぽい。それはそれで面白いが、作品としての完成度の高さは、やはり「謝小娥伝」のほうが数段上だといえよう。

第七話

盗まれた財宝

米国の詩人・作家のエドガー・アラン・ポー（一八〇九―一八四九）に、「盗まれた手紙」という傑作ミステリーがある。

この作品は、さる貴婦人が某大臣に大切な手紙を盗み取られ、窮地に陥るところから、話が始まる。貴婦人から依頼を受けた警視総監は、内々で大臣邸をくまなく捜査するが、手紙を発見できない。警視総監に泣きつかれた名探偵デュパンは大臣邸を訪れ、難なく手紙のありかを突き止める。それは人目にさらされるところに、無造作に置かれていたのだ。

人の心理の裏をつく単純にして巧妙な手口を弄《ろう》する犯人。この手口を瞬時にして見破る名探偵。両者のスリリングな知的葛藤《かっとう》を、「盗まれた手紙」は鮮やかに描きあげる。

八世紀中頃に書かれた唐代伝奇「蘇無名《そむめい》」（牛粛《ぎゅうしゅく》作）も、探偵役の蘇無名なる人物が、盗まれた財宝のありかを突き止める話である。

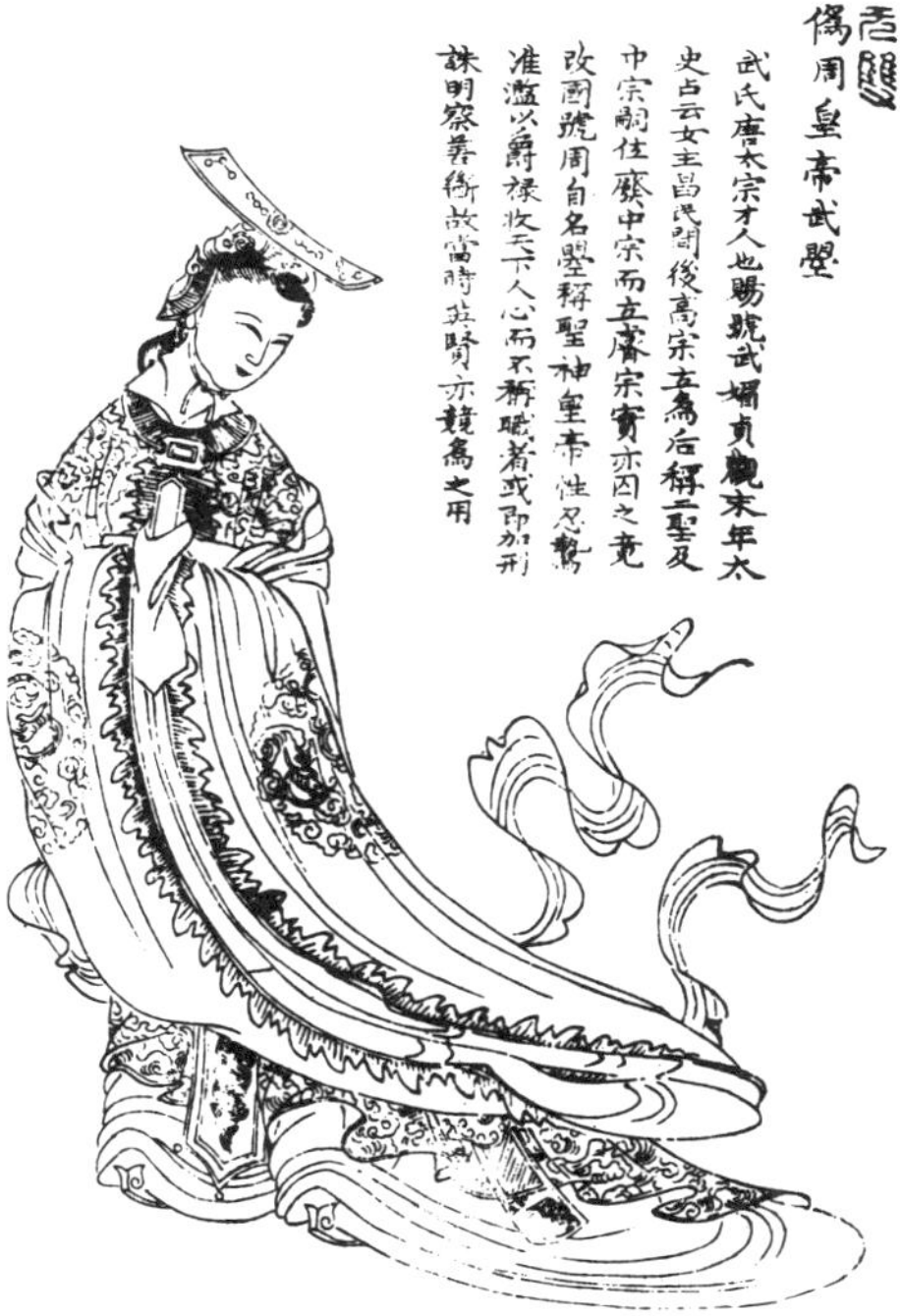
右題
偽周皇帝武曌
武氏唐太宗才人也賜號武媚貞觀末年太
史占云女主昌民間後高宗立為后稱二聖及
中宗嗣位廢中宗而立睿宗實亦因之竟
改國號周自名曌稱聖神皇帝性忍鷙
准濫以爵祿收天下人心而不稱職者或即加刑
誅明察善斷故當時英賢亦競為之用

則天武后像

名裁判官の直感と推理

あるとき、則天武后《そくてんぶこう》（六九〇—七〇五在位）が愛娘の太平公主《たいへいこうしゅ》に財宝を賜ったところ、これがそっくり盗まれてしまった。怒った則天武后は洛州《らく》（河南省）の長官を呼びつけ、「三日以内に盗賊を逮捕しなければ、おまえを処刑する」と申しわたす。震えあがった長官は部下の警察署長に、「犯人を二日以内に逮捕しなければ、おまえを処刑する」と言いわたす。すると、警察署長は配下の警官たちに、「犯人を一日以内に逮捕しなければ、全員処刑する」と申しわたす。

なんとも官僚的な責任転嫁の論理だが、それはさておき、困り果てた役人一同の前に救いの神が現れる。犯罪摘発で有名な湖州《こ》（浙江省）の次官蘇無名である。蘇無名は則天武后と会い、犯人逮捕の期限を延ばしてもらう。

数十日後の寒食節《かんしょくせつ》（陽暦の四月初旬。墓参を行う）の日、蘇無名は警官たちに、「十数人の胡人《こじん》（異民族）が北郊の墓地へ向かうのを見つけたら、あとをつけて報告せよ」と命じた。まもなく胡人発見の知らせを受け、蘇無名が現場に急行すると、張り込んでいた警官が言うには、「彼らは新墓の前で供養の品を並べ、慟哭《どうこく》しました。しかし、悲しんでいるふうはなく、墓の周囲をまわり、顔を見合わせて笑っております」とのこと。これを聞いた蘇無名はすぐさま胡人全員を逮捕し、墓をあばき柩《ひつぎ》を開いたところ、盗まれた財宝が入っていた。

実は、事件発生の当日、蘇無名はたまたま胡人たちが葬式を出しているのを目撃し、怪しいと直感した。しかし、盗品の隠し場所がわからず、犯人逮捕の期限を延長してもらって、寒食節まで待ったところ、案の定、墓参にかこつけて胡人たちが動きだし、めでたく一件落着に持ち込むことができたのだった。

こうしてみると、犯人の心理と行動に対する読みの深さにおいて、中国八世紀の名探偵蘇無名は、十九世紀の名探偵デュパンに比べても遜色《そんしょく》がないといえよう。

ちなみに、この「蘇無名」の物語は、名裁判官が直感と推理によって犯人を割り出し、難事件を解決する後世の公案小説のはしりとなる作品である。

第八話

盛り場育ちのミステリー

これまで紹介した六朝志怪《しかい》および唐代伝奇の短編小説は、いずれも知識人の文体である「文言《ぶんげん》（書き言葉）」によって著されたものだった。これ以後も、宋代（北宋九六〇—一一二六、南宋一一二七—一二七九）から清代（一六四四—一九一一）に至るまで、怪奇物を中心に、さまざまな物語幻想を駆使した文言短編小説が、たえまなく書き継がれてゆく。

この一方、宋代以降、民衆芸能の分野で語り物（講釈・講談）が盛んになり、やがてこれを文字化した講釈師のテキスト「話本《わほん》」も出回るようになる。「話本」の文体には、盛り場で聴衆を前にした講釈師の語り口を生かした、話し言葉の「白話《はくわ》」が用いられた。

その後の中国小説史の主流になったのは、実は、この講釈師の種本「話本」から生まれた白話小説の方である。明代（一三六八—一六四四）に刊行された『三国志演義』『水滸伝《すいこでん》』『西遊記《さいゆうき》』『金瓶梅《きんぺいばい》』、清代中期に著された『紅楼夢《こうろうむ》』などの大長編小説、さらには明末に編纂《へんさん》された「三言《さんげん》」および「二拍《にはく》」、はたまた中国式ミステリーの宝庫『包公案《ほうこうあん》』

講釈の場面。扇子を手に、
踊るようなポーズをしているのが講釈師
（『北京風俗図譜』東北大学附属図書館所蔵）

無手勝流で類のない語りが魅力

に収められた短編小説群も、すべて「白話」で著されたものにほかならない。

十七世紀初めの明末、馮夢龍《ふうぼうりゅう》が編纂した三部の短編小説集「三言」には、宋・元以来の「話本」をほぼ原型どおり収録したものと、明代の文人がこれをまねて著した「擬話《ぎわ》本《ほん》」の両方が混在している。ちなみに、「三言」は『古今小説《ここんしょうせつ》（別名『喩世明言《ゆせいめいげん》』）』『警世《けいせい》通言《つうげん》』『醒世恒言《せいせいこうげん》』の三部から成り、それぞれ四十篇、合計百二十篇の白話短編小説を収録する。

「三言」の作品世界には、恋愛などを素材とする世話物をはじめ、幽霊譚、妖怪譚、仙人譚等々、ありとあらゆるエンターテインメントのメニューが網羅されている。むろん犯罪を扱うミステリー仕立ての作品も数多い。これら多様なテーマの作品群に共通するのは、民衆世界の語り物を母胎とする、その出自を誇示するかのように、あけすけかつ露悪的な語り口で、物語世界を展開していることだ。

悪漢や悪女がとてつもない事件を引き起こす話、事件が事件を呼び、波紋が拡大してゆくドミノ倒し（将棋倒し）型の話等々、「三言」に収められたミステリー仕立ての作品はまことに多種多様である。以降しばらく、この「三言」所収の中国ミステリーの系譜をたどってみたいと思う。

ちなみに、現代の欧米や日本の本格派ミステリーでは、幽霊などの超現実的な要素を物語展開の鍵として使ってはならないという鉄則がある。この点に関しては、「三言」や『包公案』のミステリー作品は、ここぞというときになると、幽霊は出て来るわ、超自然的現象はおこるわ、というふうに、まことに無頓着《むとんちゃく》だ。近世中国の盛り場育ちのミステリーはまさに無手勝流。窮屈な現代本格派ミステリーの鉄則なぞどこ吹く風と、ユニークな語りの魅力を自在に発揮しているのである。

第九話

ピカレスク・ミステリー

語り物（講釈・講談）を起源とする近世中国のミステリーには、極端に誇張された悪の権化のような人物がしばしば登場する。明末に編纂《へんさん》された『古今小説《ここんしょうせつ》』（巻三十五）に収められた、「簡帖僧《かんちょうそう》、巧みに皇甫《こうほ》の妻を騙《だま》せしこと」に登場する、狡猾《こうかつ》にして無節操な、色好みの悪漢はその代表的な存在である。

北宋の首都開封《かいほう》に住む役人の皇甫松《こうほしょう》に、楊《よう》氏という美しい妻がいた。皇甫松が出張から帰った日、町内の茶店に太い眉毛《まゆげ》にドングリ目、つぶれた鼻にバカでかい口という、なんとも下品な顔つきの男があらわれる。この男が茶店の小僧を使い、楊氏に贈り物と手紙を届けたことから、とんでもない事件がおこる。

ドジな小僧を怒鳴りつけ、贈り物と手紙を取り上げた皇甫松は、手紙に目を通した瞬間、かっとする。それは恋文であり、夫の不在中、楊氏が男と密会していたさまが綴《つづ》られていたのだ。皇甫松は気色ばんで茶店に押しかけるが、男の姿はなく、楊氏を問いつ

巧妙に騙りのテクニックを駆使

「簡帖僧、巧みに皇甫の妻を騙せしこと」
（『古今小説』巻三十五）

めても、身に覚えがないと泣くばかり。納得できない皇甫松はついに彼女を役所に突き出す。

しかし、役人が調べても姦通《かんつう》の証拠は出て来ず、楊氏は釈放されるが、意地になった皇甫松は彼女を離縁してしまう。途方にくれた楊氏は川に身を投げようとするが、親類だと称する老婆に助けられる。老婆の親切には裏があり、楊氏は老婆の知り合いだという、ドングリ目の男のもとに嫁がされる羽目になる。

一年後の正月元旦、ドングリ目の男と楊氏は初詣《はつもう》でに出かけ、ばったり皇甫松と出くわす。なんだか変だと皇甫松が考え込んでいると、若い僧侶《そうりょ》が駆けつけて来る。聞けば、ドングリ目の男はさる寺の和尚だったが、高価な銀器を盗んで出奔し、その罪を着せられてひどい目にあったとのこと。そこで二人は協力して和尚を尾行することにした。

かたや、ドングリ目の和尚は、皇甫松と出会い、物思いにふけっている楊氏を見て、嫌がらせの衝動に駆られたのか、彼女を手に入れるために仕組んだカラクリを得々と話して聞かせる。和尚は楊氏に一目惚《ひとめぼ》れし、これ見よがしに恋文を届けさせて、夫婦仲をぶち壊し、老婆を使うなど、あの手この手の奸計《かんけい》を弄《ろう》して、楊氏を手に入れたというのである。

罠《わな》にはめられたことを知った楊氏は家に帰り着くや、大声で罵倒《ばとう》しはじめ、狼狽《ろうばい》した和尚が彼女の首を締めた瞬間、皇甫松と若い僧侶が飛び込んで来て和尚を捕まえ、役所に突き出した。かくして、悪徳和尚は窃盗および詐欺罪で死刑に処せられ、皇甫松と楊氏はまずはめでたく元の鞘《さや》に収まったのだった。

この「簡帖僧（簡帖は手紙の意）」の話は、北宋以来、語り物として広く流布されて来たものだ。がんじがらめに枠組みの固定した日常生活に飽き飽きした人々は、やりたい放題、巧妙に騙《かた》りのテクニックを駆使する、こうしたピカロ（悪漢）の悪ふざけの物語、ピカレスク・ミステリーに耳を傾け、胸のつかえが下りるカタルシスを覚えたものと見える。

第十話
悪漢狂想曲（上）

前話でとりあげた「簡帖僧《かんちょうそう》、巧みに皇甫《こうほ》の妻を騙《だま》せしこと」（『古今小説』巻三十五）の主人公、簡帖和尚は手のこんだトリックを用い、度の過ぎた悪ふざけによって、既成の社会秩序を攪乱《かくらん》したけれども、けっして人を殺したりはしなかった。陽性でトリックスター的な簡帖和尚に比べると、やはり明末に編纂《へんさん》された『醒世恒言《せいせいこうげん》』（巻十六）所収の「陸五漢《りくごかん》、硬《かた》く合色《いろもよう》の鞋《くつ》を留むること」の主人公、陸五漢は悪の権化というほかない人物像である。陸五漢には無節操・狡猾《こうかつ》・強欲・悪辣《あくらつ》・淫蕩《いんとう》・冷酷・残忍・凶暴等々、ありとあらゆるマイナス性が付加されているのだから。

明の弘治《こうち》年間（一四八八―一五〇五）、杭《こう》州（浙江省）に張藎《ちょうじん》という財産家の遊蕩児がいた（美人の妻もあり）。張藎はある日、潘寿児《はんじゅじ》なる美少女に恋をし、潘寿児の方も一目で張藎が好きになる。以来、張藎は彼女の家の前に通いつめ、彼女が二階から顔を出すと、恋の証《あか》しにハンカチを投げるやら、これに応《こた》えて潘寿児も合色の鞋の片方を投げるやら、

「陸五漢、硬く合色の鞋を留むること」
（『醒世恒言』巻十六）

二人の気持ちは高まる一方だった。だが、困ったことに、彼女にはゴロツキの父親がついており、とてもこの恋は成就しそうにない。

そこに登場するのが造花売りの陸婆《ルーポ》。陸婆は仲人業を兼ね、道ならぬ恋の手引きも厭《いと》わぬしたたかな女だった。張蓋は陸婆に高い謝礼を条件に、寿児との逢瀬を準備してほしいと頼み込む。手付け金をもらった陸婆は寿児と会い、首尾よく段取りをととのえた。階下の両親が寝静まったあと、張蓋の咳払いを合図に、寿児が二階から長い布をたらし、張蓋がこれをつたって上がって来るというものである。

しかし、ここに思わぬ邪魔が入る。陸婆の不良息子、陸五漢が母親を脅して一部始終を聞きだすや、張蓋になりすまして、手筈《てはず》どおり寿児のいる二階に忍び込み、思いを遂げてしまったのだ。うかつな話だが、なにぶん暗闇《くらやみ》の密会のこととて、寿児のほうは相手が張蓋だと思い込んでいる。以来、半年間、陸五漢は素知らぬ顔で寿児のもとへ通いつづけた。

こうなると、さすがに寿児の両親も娘のようすが変だと気づき、寿児は陸五漢（寿児はなおも張蓋だと信じているが）に、しばらく来ないでほしいと言い含める。その直後、父親の命令で、寿児が階下、両親が二階で寝るようになった。そんなこととは露知らぬ陸五漢は、寿児から音沙汰がないため、ある夜、ハシゴをかついで来て、強引に二階に上がり込む。と、なんと男女の高イビキが聞こえてくるではないか。てっきり寿児に別の愛人ができたと思い、逆上した陸五漢は隠し持った包丁で、二人をメッタ突きにし、逃亡した。

翌朝、両親の惨殺死体を発見した寿児は役所に出頭し、きびしい尋問に耐えかねて、「張藎」とのいきさつを白状した。これによって、本物の張藎は、殺人事件の極悪犯として逮捕されてしまう。さて、かの悪漢陸五漢は「悪いやつほどよく眠る」、このまま逃げ切れるかどうか——。

第十一話
悪漢狂想曲（下）

「陸五漢《りくごかん》、硬《かた》く合色《いろもよう》の鞋《くつ》を留むること」（『醒世恒言』巻十六）をとりあげ、悪漢陸五漢が美少女潘寿児の恋する相手張藎になりすまして、逢瀬を重ねたあげく、寿児の両親を殺した顛末《てんまつ》を述べた。さて、あくまで密会の相手が張藎だと思い込んでいる寿児の自白により、逮捕された張藎はどうなったか。なんと優男《やさおとこ》の張藎は拷問にかけられそうになると震えあがり、やってもいない殺人の罪をあっけなく認めてしまう。たちまち死刑の判決が下り（寿児も同罪）、張藎と寿児はそれぞれ死刑囚として収監される。

ぎりぎりの瀬戸際まで来た張藎は、どうにも納得がいかず、獄卒に賄賂《わいろ》をはずみ、寿児と対面する手筈をととのえた。いざ対面し、寿児に問いただしたところ、そういえば、自分が密会していた相手の「張藎（実は陸五漢）」とは声が違うような気がするし、彼には左の腰にオデキの跡があったと言いだす。むろん、本物の張藎にそんなものはない。

この話を聞いた太守（長官）は再審に踏み切り、再調査して陸五漢の存在を割り出し、

獄中で対面する本物の張藎と寿児
「陸五漢、硬く合色の鞋を留むること」
（『醒世恒言』巻十六）

残酷さと滑稽さの共存

寿児に面通しさせた。陸五漢の声を聞いた彼女はこの男こそ「張藎」だと証言、腰のオデキの跡も確認されたため、さすがの陸五漢も観念し、死刑となった。

悪漢陸五漢はこうしてきっちり悪事のツケを払わされたわけだが、哀れをとどめたのは寿児である。彼女は騙された我が身を恥じて、法廷の階段に頭を打ちつけ、命を断ったのだった。この一連の事件に衝撃を受けた張藎はふっつり放蕩と縁を切り、以後まじめ一筋、念仏三昧《ざんまい》、在家の僧侶として生涯を送ったという。

この「陸五漢」の物語は、幾重もの「とりちがえ」を巧みに重ね合わせ錯綜《さくそう》させながら、展開されている。第一に、陸五漢が張藎になりすまし、寿児がその事実に最後まで気づかなかったこと。第二に、陸五漢が寿児に別の愛人ができたものと勘違いし、彼女の両親を誤殺したこと。第三に、張藎が殺人犯とみなされ、誤認逮捕されたこと。この三つの「とりちがえ」によって、けっきょく張藎以外の主要登場人物全員（寿児、寿児の両親、陸五漢）が、命を落とす結果になる。

しかし、このなんとも残酷にしてグロテスクな悪漢ミステリーには、終始一貫、途方もない滑稽《こっけい》さがつきまとっている。考えてみれば、「とりちがえ」はスラップスティック・コメディー（ドタバタ喜劇）が、おかしみをかきたてるために用いる常套《じょうとう》手段にほかならない。さらにまた、陸五漢を真犯人と断定する決め手になったのが、オデキの跡というのも、どうも凄《すご》みのない滑稽な話である。

このように、残酷さと滑稽さを銅貨の裏表のように共存させる語り口は、そもそも中国近世の白話ミステリーが、盛り場の語り物を源流とするところから生じたものといえよう。恐怖や驚きによる緊張と、これをいっきょに弛緩《しかん》させ発散させる哄笑《こうしょう》こそ、盛り場演芸の聴衆が求めてやまないものなのだから。

第十二話

口は災いのもと

明末に編纂《へんさん》された三部の白話短編小説集「三言」には、些細《ささい》な出来事をきっかけに次々に事件がおこり、登場人物が続々と死んでゆくという、筋立ての作品がよくある。「十五貫、戯言《ざれごと》によりて巧禍《ハプニング》を成すこと」(『醒世恒言《せいせいこうげん》』巻三十三)は、こうした「ドミノ倒し(将棋倒し)型」ミステリーの代表的作品の一つである。この作品もまた宋代以来、語り物として広く流布されて来たもの。

ころは南宋。首都臨安《りんあん》(杭州)に劉貴《りゅうき》という読書人がいた。裕福な家柄で学問もあったが、何をやってもうまくゆかず、とうとう商人になった。しかし、商売でも芽が出ず、妻の王氏《おう》、落ちぶれる前に娶《めと》った側室の陳氏《ちん》ともども、路地裏の貸家で細々と暮らしていた。

ある日、劉貴は王氏の父の誕生祝いに招かれ、夫婦そろって王氏の実家に出向いた。このとき、王氏の父はこれを元手に新規まき直しせよと、劉貴に十五貫(一貫は一千銭)

さまざまな行商人。下の右から二人目が糸売り
（『北京風俗図譜』東北大学附属図書館所蔵）

ドミノ倒し型の物語展開

の資金を貸してくれた。その夜、王氏は実家に泊まり、大枚を手にした劉貴は一人、路地裏のわが家にもどる。すっかり有頂天になった劉貴は、留守番をしていた陳氏に向かって、「おまえを十五貫でよそに売ることにした」と冗談を言った。陳氏はこれを真に受け、酒に酔った劉貴が寝入ったあと、ともあれ実家にもどろうと、こっそり家をぬけだした。なにぶん夜中なので、その夜は隣家に泊めてもらい、翌朝早く出発するという段取りである。

陳氏がいなくなったあと、とんでもないことがおこる。泥棒が入って劉貴を殺害し、十五貫を奪って逃走したのだ。そんなこととは露知らず、翌朝、陳氏は実家に向けて出発した。しかし、纏足《てんそく》で思うように歩けず、困りはてていたところに、若い商人の崔寧《さいねい》が通りかかり同行してくれたが、なんとこれが二人の運の尽きになった。彼らはグルになって劉貴を殺したかどで逮捕され、委細かまわず死刑に処せられてしまったのである。このとき、崔寧はたまたま糸売りで得た十五貫を持っており、これが動かぬ証拠となった。

事件はさらに意外な方向に展開する。一年後、本妻の王氏は路地裏の家をあとにし実家にもどる途中、静山大王《せいざんだいおう》なる山賊に襲われて、お供の老僕は殺され、王氏自身は山賊の妻にさせられた。実は、この山賊こそ劉貴殺害の真犯人であった。やがて真相を知った王氏は役所に告発、山賊は逮捕・処刑され、この惨劇《さんげき》的ミステリーはようやく幕切れとなる。

この物語では、口は災いのもと、劉貴が陳氏をからかったことが発端となり、殺人の連鎖が始まる。このように、ひょんなことから悪夢のような世界に引きずり込まれてゆく人々の姿を描く、ドミノ倒し型の物語展開は、中国古典ミステリーが偏愛する定番の一つである。それは、伝統中国の社会において、こうした物語の語り手（書き手）も聞き手（読者）も、一つボタンをかけちがえば、際限もなく泥沼に落ちてゆく恐怖を、深いところで共有していたことを示すものなのかも知れない。

第十三話

悪夢の連続怪事件

わずか一文銭のもめごとをきっかけに、次から次へと、十三人もの命が失われる顚末《てんまつ》を描く、「一文銭の小隙《こぜりあい》、怪冤《かいじけん》を造《おこ》すこと」（『醒世恒言』巻三十四）は、数ある「ドミノ倒し（将棋倒し）型」短編ミステリーのうちでも、きわだって面白い作品である。

陶磁器の産地景徳鎮《けいとくちん》の路地に住む、陶器職人の邱乙大《きゅういつだい》は、妻の楊《よう》氏・息子の長児《チャンアル》と三人暮らしだった。ある日、楊氏が腹痛をおこし、長児に一文銭を渡して薬を買いにやったことから、連続怪事件の幕が開く。

まず、薬屋に行く途中、長児は遊び仲間の劉再旺《りゅうさいおう》と投げ銭遊びをして、一文銭を取りあげられ、怒った楊氏は再旺を殴って一文銭を取り返した。これを知った再旺の母親孫《そん》大娘《ダーニャン》は、頭に来て路上に飛び出し、身持ちがわるいの何のと、楊氏をあしざまに罵《ののし》った。孫大娘はかねて小綺麗《こきれい》な楊氏に反感をもっており、この罵倒《ばとう》にはなんとも凄い迫力があった。

投げ銭遊びの場面
(「一文銭の小隙、怪冤を造すこと」『醒世恒言』巻三十四)

妙に整合性のある悪夢的世界

たまたま孫大娘の罵詈雑言《ばりぞうごん》を耳にした邱乙大は、妻の楊氏を詰問し、身に覚えがなくもない楊氏は思いあまって、その夜、首吊《くびつ》り自殺をする。ところが、憎らしい孫大娘の門前で死ぬつもりが、まちがえて鍛冶屋《かじや》の白鉄《はくてつ》の門前で首を吊ってしまったため、話がややこしくなる。白鉄は関《かか》わり合いになるのを恐れて、酒屋の王《おう》公の門前に死体を移し、王公は小僧に命じて死体を河に捨てさせた。

水中の楊氏の死体を拾い上げたのは、町の大金持ちの朱常《しゅじょう》だった。朱常はこの死体を道具に、土地争いの相手である大地主の趙完《ちょうかん》に一泡吹かせようと思いつく。詳しいいきさつは省略するが、朱常が妙な気をおこしたために、ひっくりかえるような大騒動となり、けっきょく朱家から二人（朱常と下男）、趙家からは趙完を筆頭に六人、計八人（楊氏を入れれば九人）が殺されたり処刑されたりして、命を落とす羽目になる。

一方、楊氏の死体を河に捨てた酒屋でも騒動がおこる。死体を河に捨てた小僧が、王公に手数料を要求したことから喧嘩《けんか》になり、王公は小僧が投げた瓦に当たって頓死《とんし》し、小僧は獄死する。ついで、鍛冶屋の白鉄は死体を運んだときに引いた風邪がもとで病死する。楊氏自殺の引き金になった孫大娘もただではすまなかった。彼女は、楊氏の夫（邱乙大）の訴えによって逮捕され、取り調べ中にショック死してしまう。これで死者は王公・小僧・白鉄・孫大娘と計四人。先の九人と合わせれば、つごう十三人とあいなる。

　ここで展開されるのは、わずか一文銭がもとでバタバタと十三人もの命が失われてゆく、ナンセンスにして不気味な、悪夢的世界である。しかも、この悪夢的世界の構造には妙に論理的整合性があり、あいつぐ十三人の死も、抜き差しならない必然性をもって組み立てられている。ドミノ倒し型ミステリーの典型たる、この「一文銭」の物語こそ、物語作者が手練《てだれ》の技をもって、笑いと背中合わせの地点で展開してみせた、実に実に怖い話だといえよう。

第十四話　祭りが呼んだ大事件

十六世紀末の明末に編纂《へんさん》された公案（事件）小説集『包公案《ほうこうあん》』にも、些細《ささい》な出来事をきっかけに続々と人が死ぬ、「ドミノ倒し型」の作品がしばしば見られる。なかでも、死者の数の多さで群を抜くのは、「黄菜葉《こうさいよう》」である。

ときは北宋。西京河南《せいけいかなん》府（河南省洛陽市）の富裕な織物業者、師家《し》に息子が二人いた。兄の師《し》官受《かんじゅ》は類いまれなる美女の劉《りゅう》氏と結婚し、すでに五歳の息子金保《きんぽ》もいる。ちなみに、弟の師馬都《しばと》は仕事で江南の揚《よう》州に長期滞在中であった。

一月十五日（上元節《じょうげんせつ》）の夜、劉氏は召使いを連れて、いそいそと外出した。上元節は灯節《ドンチエ》とも呼ばれるように、町中に提灯山《ちょうちんやま》が飾られ夜中まで賑《にぎ》わう祝祭の日であり、ふだんは外出しない女性も見物に繰り出す。だが、この夜、提灯山見物に出たことが劉氏の運命の分かれ道になった。見物の途中、召使いとはぐれた彼女は、悪評高い皇帝の弟趙《ちょう》王に見初《みそ》められ、その屋敷に拉致《らち》されたのである。

劉氏が趙王邸に拉致される場面
（『包公案「黄菜葉」』）

身も蓋もない単純明快さ

一か月後、外部との連絡を絶たれたままの劉氏は一計を案じ、特殊技術を要する織物がほしいと趙王に頼み込む。この結果、特殊技術を有する夫の師官受が趙王に呼ばれ、夫婦は涙の再会を果たす。しかし、この現場を趙王に見とがめられ、官受は同時に呼ばれた他の四人の職人ともども、あえなく惨殺されてしまう。凶暴な趙王はこれでも飽き足らず、配下の者に命じて師家に火を放たせ、二、三十人に及ぶ師家の一族郎党を皆殺しにした。

幸い、師家にただ一人、生存者がいた。老僕と外出中だった幼児の金保だ。老僕は金保を連れ、揚州にいる師馬都に助けを求めに行く途中、不吉な予感にうながされ帰郷の途についた馬都と出会う。老僕から一部始終を聞いた馬都は、役所に訴え出ようとするが、これまた趙王の手下の役人、孫文儀《そんぶんぎ》に殺されてしまう。孫文儀は馬都の死体を籠《かご》に入れ、死体の上に黄菜葉をかぶせて偽装し、配下に命じて河に捨てさせる。これを名裁判官の包拯《ほうじょう》に怪しまれたのが、趙王一味の運の尽きだった。

あとは包拯の独壇場。師馬都を蘇生《そせい》させるやら、派手に一芝居打って趙王らを逮捕・処刑するやら、八面六臂《はちめんろっぴ》の大活躍によって、このまれに見る凶悪事件を解決した。かくして、趙王の兄たる皇帝（仁宗《じんそう》）も包拯の裁きを妥当なものとし、劉氏もようやく息子金保のもとにもどり、大騒動は一件落着となる。

この「黄菜葉」は死者の数の多さでは、なるほど「ドミノ型ミステリー」のうち屈指の作品である。ただ、この作品には、先にとりあげた「十五貫、戯言《ざれごと》によりて巧禍《ハプニング》を成すこと」や「一文銭の小隙《こぜりあい》、怪冤《かいじけん》を造《おこ》すこと」の物語のように、不条理な力に翻弄《ほんろう》され、次々に人が死んでゆく悪夢のような怖さはない。ここに描かれるドミノ型大量殺人では、最初から事件の元凶が特定されており、諸悪の根源たる皇帝の弟趙王が排除されれば、万事すっきり解決する仕組みになっている。この身も蓋《ふた》もない単純明快さは、不気味な恐怖とは無縁なものといわざるをえないだろう。

第十五話

演技派の名裁判官

明末の公案（事件）小説集『包公案』では、名裁判官包拯《ほうじょう》は清廉潔白にして全知全能、一点非の打ち所のない人物として描かれている。これに対し、同じく明末に成立した短編小説集「三言」の作品世界で活躍する名裁判官のなかには、どう見ても清廉潔白とは言い難い、うさん臭い人物もいる。「滕大尹《とうたいいん》、鬼《ゆうれい》によりて家私《ざいさん》を断《さば》くこと」（『古今小説』巻十）に登場する名裁判官滕大尹はその典型である。

明の永楽《えいらく》年間（一四〇三―一四二四）、太守（郡の長官）の倪守謙《げいしゅけん》（以下、倪太守と記す）は巨万の富を積んで引退した。彼は当年とって七十九歳、妻には先立たれたが、頭として成人した息子の倪善継《げいぜんけい》に家督を譲らず、自ら資産の管理にあたっていた。この倪太守が恋をした。相手はなんと十七歳の少女（梅氏《ばい》）。倪太守は善継に邪魔されないよう、電光石火ことを運び、梅氏と結婚した。幸い梅氏は気立てがよく、年齢差を越えて夫婦仲は円満至極、翌年、息子の善述《ぜんじゅつ》が誕生する。

倪太守が梅氏を見初めた場面
（「滕大尹、鬼によりて家私を断くこと」）

うさん臭さプンプン

しかし、善述が五歳のとき、倪太守はこの世を去った。ときに八十四歳。いまわの際《きわ》に、倪太守は長男の善継に全財産を譲り、梅氏には自分の肖像を描いた掛け軸だけ与えて、「賢明なお役人が赴任されたら、これを持って行って調べてもらえ」と遺言した。彼は、貪欲《どんよく》な善継に横取りされるのを恐れ、この掛け軸に善述が継承すべき隠し財産のありかを記した文書を、ひそませておいたのである。

九年後、名裁判官の誉れ高い滕大尹が県知事として着任した。梅氏母子はさっそく滕大尹に掛け軸を差し出し、調査を依頼する。滕大尹はやがて首尾よく肖像画の下貼りになっていた秘密文書を発見する。そこには、倪家の一角にある古家の壁に、銀一万両と金一千両が埋め込んであり、このすべてを善述に与えると記されていたうえ、この文書を発見し、財産分配の決着をつけてくれた役人に、銀三百両の謝礼を支払うと付記されていた。

この文書を得た滕大尹は倪家に乗り込むや、倪太守の亡霊と話し合うポーズをするなど、派手な演技力を発揮し、善継にグウの音も出させず、善述に隠し財産を獲得させることに成功する。のみならず、倪太守の亡霊が金一千両の謝礼を出すと言ったと偽り、文書に記されていた銀三百両に大幅に上乗せした金額を、ちゃっかり懐に入れてしまう。

いやはやなんとも恐れ入った俗物ぶりであり、これでは名裁判官の看板が泣くというものだ。

実は、これとほとんど同じ筋立ての話が『包公案』にも見えるが、こちらの方は、秘密文書に「金一千両」の謝礼を支払うと明記されていたにもかかわらず、名裁判官の包拯は固辞して受け取らなかったと、その清廉潔白さを強調する結末になっている。

名裁判官の裏側にひそむ、うさん臭さをえぐり出そうとする「三言」の世界。ひたすら名裁判官の無謬性《むびゅうせい》を強調する『包公案』の世界。物語作者の成熟度の高さの点では、やはり前者のほうが一枚上手といえよう。

第十六話

暗号で書かれた遺言状

明末の公案（事件）小説集『包公案』にも、遺言状をテーマにした話がいくつか収められているが、抜群に面白いのは、「遺嘱《いしょく》を審《つまび》らかにすること」である。

財産家の翁健《おうけん》は人格者だったが、娘一人だけで息子がなかった。かてて加えて、ずるくて欲張りの娘婿、楊慶《ようけい》がいつも財産をねらい、虎視《こし》眈眈《たんたん》としている。そんな状態だったので、翁健は死んでも死にきれないと思っていたところ、なんと八十歳になったとき、林《りん》氏という若い側室との間に息子（翁龍《おうりゅう》）が生まれた。

翁健はむろん天にも昇る喜びようだったが、翁龍が生まれて三か月後、重病にかかってしまう。自分の死後、実子の翁龍に財産を譲りたいのは山々ながら、そんなことをすれば、邪悪な楊慶が赤ん坊の翁龍を殺しかねない。そこで、翁健は一計を案じ、暗号を秘めた遺言状を作成してから、おもむろに楊慶を呼び寄せると、「おまえに全財産の管理をまかせる」と告げ、一語一語はっきり読み聞かせながら、遺言状を手渡した。

京劇における包拯のくまどり

白文の特質利用し、実子に軍配

八十老人、生一子、人言、非是吾子也、家業田園尽付与女婿、外人不得争執。

（八十老人、一子を生む。人は言う、是《こ》れ吾が子に非《あら》ざるなりと。家業田園は尽《ことごと》く女婿《むすめむこ》に付与す。外人《よそもの》は争執するを得ず）

翁龍は実の子ではなく、財産はすべて娘婿に譲るというのだから、楊慶はむろん狂喜した。まもなく翁健は死去し、あっというまに二十年余りの歳月が流れる。成長した翁龍は遺産相続の権利を主張し、楊慶を相手どって裁判をおこすが、そのたびに遺言状が動かぬ証拠となって敗訴した。納得がいかない翁龍は、ついに名裁判官の包拯《ほうじょう》に直訴するに至る。

包拯は、翁健老人が仕掛けた暗号トリックを即座に看破し、次のように解読した。

八十老人、生一子、人言非、是吾子也、家業田園尽付与、女婿外人、不得争執。

（八十老人、一子を生む。人言は非にして、是《こ》れ吾が子なり。家業田園尽《ことごと》く付与す。女婿は外人《よそもの》なれば、争執するを得ず）

中国語の文章は古くは句読点なしで書かれた。いわゆる白文である。だから、この遺言状ももともとは、むろん白文で書かれていた。白文は句読の切り方によって、意味がガラリと変わってくるものだ。

翁健はこうした白文の特質を巧みに利用して遺言状を作り、翁龍は実子であり、他人の娘婿に遺産相続権はないと宣告したのである。包拯が、翁健老人の苦肉の策の暗号記述法を、解読してくれたおかげで、翁龍は全財産を相続し、遺産騒動は一件落着となったしだい。

この作品は、中国語特有の暗号トリックを用いた、高度なミステリーにほかならない。ただ、もともと白文なのだから、実のところ二種の読み方とも可能であり、一方が絶対的に正しい読み方だと、断定はできないのである。これを強引に一方に軍配をあげて決着をつけ、読者もつい納得させてしまうあたりが、名裁判官包拯のアウラ（霊気）なのかも知れない。

第十七話

悪女の犯罪（上）

悪漢とともに悪女もまた、中国ミステリーに欠かせない重要なキャラクターである。すでに紹介したように、悪女を主人公とするミステリー仕立ての作品は、古くは六朝《りくちょう》志怪小説から見られるが、時代が下るとともに、中国ミステリーの世界には、恐ろしくも魅力的な悪女が続々と登場し、危険な匂《にお》いをふりまきながら、物語世界をざわめかせる。とりわけ、明末に書かれた「三たび身を現し、包龍図《ほうりゅうと》　冤《うらみ》を断《さば》くこと」（『警世通言』巻十三）は、起伏に富んだ物語展開といい、結末の意外性といい、出色の悪女物ミステリーである。

兗《えん》州府（山東省）奉符《ほうふ》県の筆頭押司《おうし》（押司は刑獄方面を担当する事務官）、孫文《そんぶん》（通称大孫押《だいそんおう》司《し》）はある日、占い師からその日の三更《さんこう》（午後十一時から午前一時の間）に死ぬと宣告される。イヤな気分になった大孫押司は、その夜、妻に勧められるまま深酒し、妻と召し使いの迎児《インアル》によって寝室に運び込まれる。妻は二人で寝ずの番をしようと、迎児に申しつ

危険な匂いふりまきながら

大孫押司の亡霊が出現した場面
（『警世通言』巻十三）

けるが、迎児はいつしか眠り込んでしまう。

問題の三更になると、寝室で寝台から飛び降り、戸を開ける音がした。ピンときた妻が迎児をたたき起こし見に出た瞬間、白衣の男が片手で顔を隠し、表門から走り出たかと思うと、家の前の河に飛び込む音がした。この河は流れが速く、死体も上がりそうにない。妻は近所の人々に大孫押司が占い師の予言どおり、死神にでも魅入られたのか、身投げした一部始終を涙ながらに語り聞かせたのだった。

三か月後、早くも妻は媒婆《メイポ》（仲人婆）から再婚を勧められ、三つの条件にかなう相手がいれば、喜んで再婚すると答える。三つの条件とは、第一に亡夫と同姓（孫）であること、第二に亡夫と同じ官職についていること、第三に入り婿に来てくれること、というものである。媒婆は即座にこの三条件にぴったりの相手を思いつく。大孫押司の下役、小孫押司《しょうそんおうし》である。ちなみに小孫押司は凍死寸前のところを大孫押司に助けられて養育され、読み書きを教わって、押司の職についた人物だった。知らない仲でもない小孫押司の名をあげられ、大孫押司の妻は二つ返事で承知した。

まもなく小孫押司が婿入りし、夫婦仲はいたって睦《むつ》まじかったが、このころより怪異な現象がおこるようになる。ある日、迎児が新婚夫婦のために竈《かまど》の前で酒の支度をしていると、竈がむくむくと持ち上がり、大孫押司の亡霊が出現する。竈の台を頭にのせ、首に井戸の柵をぶらさげ、ザンバラ髪にだらりと舌をのばし、目からタラタラと血を流すという、ものすごい姿である。迎児からこの話を聞いた小孫押司夫婦は、妙な噂がたつことを恐れ、彼女に暇をやり王興《おうきょう》なる人物と結婚させた。

しかし、大孫押司の亡霊はこのあとも二度にわたって、迎児の前に出現し、最後に「字謎《ヅーミー》」を用いた暗号文を手渡して、恨みをはらしてほしいと頼んだ。この暗号文に何が書かれていたか。巧妙に隠された犯罪はいかにして暴露されたのか――。

第十八話　悪女の犯罪（下）

さて「三たび身を現し、包龍図《ほうりゅうと》　冤《うらみ》を断《さば》くこと」（『警世通言』巻十三）をとりあげ、大《だい》孫押司《そんおうし》が自殺した三か月後、彼の妻はその部下の小孫押司《しょうそんおうし》と再婚したが、事件の目撃者たる召し使いの迎児《インアル》のもとに、三度にわたって大孫押司の亡霊が出現した顛末を述べた。迎児のもとに化けて出た亡霊は、最後に次のような字謎《ヅーミー》を用いた暗号文を手渡した。

「大女子」「小女子」、前者が耕したものを後者が食べる。三更の事を知るには、「火の下の水」をずらして開けよ、来年二、三月に「句己」が謎《なぞ》を解くだろう。

迎児とその夫の王興《おうきょう》にはどうしても意味がわからない、そうこうするうち年がかわり、名裁判官の包拯《ほうじょう》が知事として赴任して来た。まもなく包拯は暗号文の一部を夢にみて、けげんに思い、これを記した立て札を出した。

立て札を見た王興はさっそく包拯のもとに出頭し、妻の迎児が亡霊と出会ったいきさつを説明した。亡霊から渡された暗号文は、いざ取り出してみると、すでに白紙になっ

小孫押司夫婦が刑具の手《て》枷《かせ》をはめられ
連行される場面（『警世通言』巻十三）

ていたが、幸い王興は全文を記憶しており、包拯は難なく暗号文の解読に成功したのだった。

すなわち、「女子」というのは女《むすめ》の子だから「外孫」であり、この熟語から連想して「外郎（役人の意）の孫」を割り出す。したがって、「大女子」は「大孫押司（押司も役人の一種）」を指し、「小女子」は「小孫押司」を指す。これにつづく「前者が耕したものを後者が食べる」は、後から来た者（小孫押司）が、前の者（大孫押司）の妻も財産も横取りしたことを意味する。

さらにまた、三更は事件がおこった時刻を示し、「火の下の水」は、竈《かまど》（火）の下に井戸（水）があり、竈をずらして井戸を調べれば、そこに大孫押司の死体が隠されていることを暗示する。この一連の謎を解く者が「句己」だというのは、この二字を合成すれば「包」の字になり、むろん包拯を指す。

この暗号文が指示する事件の真相は次のとおりだった。大孫押司の妻と小孫押司はかねてから深い関係にあり、不吉な占いをもっけの幸いと、事件当夜、前もって寝室にひそんでいた小孫押司が泥酔した大孫押司を絞殺し、死体を竈の下の井戸に投げ込む。そのうえで、小孫押司は大孫押司になりすまして偽装工作を施し、川に石を投げ込んで投身自殺を装う。最初に亡霊が登場したとき、ゴテゴテと竈の台や井戸の柵を身につけていたのは、この殺害の真相を暗示していたわけだ。

亡霊の怨念《おんねん》こもる暗号文を解読した包拯が、大孫押司の死体を井戸からすくい上げ、これを証拠に小孫押司夫婦を逮捕・処刑し、事件が一件落着となったことはいうまでもない。

この「三現身」は亡霊や字謎《ヅーミー》をはなばなしく駆使し、これぞ中国式ミステリーの真骨頂ともいえる作品である。のみならず、ここには愛人を操り、冷然と夫殺しを敢行する大孫押司の妻の徹底した悪女ぶりが活写されており、読者に深い衝撃を与えずにはおかない。

第十九話 「黒猿」の謎

明末の公案小説集『包公案《ほうこうあん》』には文字遊びを織り込んだ話が満載されている。そのうちユーモラスでわかりやすい例を紹介してみよう。題して「窓の外の黒猿」。

北宋の西京《せいけい》（河南省洛陽市）郊外、永安鎮《えいあんちん》に張瑞《ちょうずい》という資産家がいた。家族は妻の楊《よう》氏と一人娘の兆娘《ちょうじょう》（十五歳）だけだが、二人の下僕（雍僕《ようぼく》・袁僕《えんぼく》）を使い、豊かな暮らしを満喫していた。ただ、二人の下僕のうち、雍僕はマジメ一方だが、袁僕は狡猾《こうかつ》で素行がわるく、張瑞はとうとう袁僕を追い出してしまった。袁僕は雍僕が告げ口したせいで首になったと思い込み、復讐の機会をつけ狙うようになる。

そんなおりしも張瑞は重病にかかり、マジメな雍僕に家事全般をまかせれば心配はないと、楊氏に遺言して絶命した。その言葉どおり、主人の死後、雍僕は誠実に張家の資産の管理・運営にあたり、楊氏母子に尽くした。やがて税金を収める時期になり、ある日、楊氏は税金用にと銀の入った銭箱を雍僕に預け、親類の家に遊びに出かけた。

抱腹絶倒の露骨さ・単純さが…

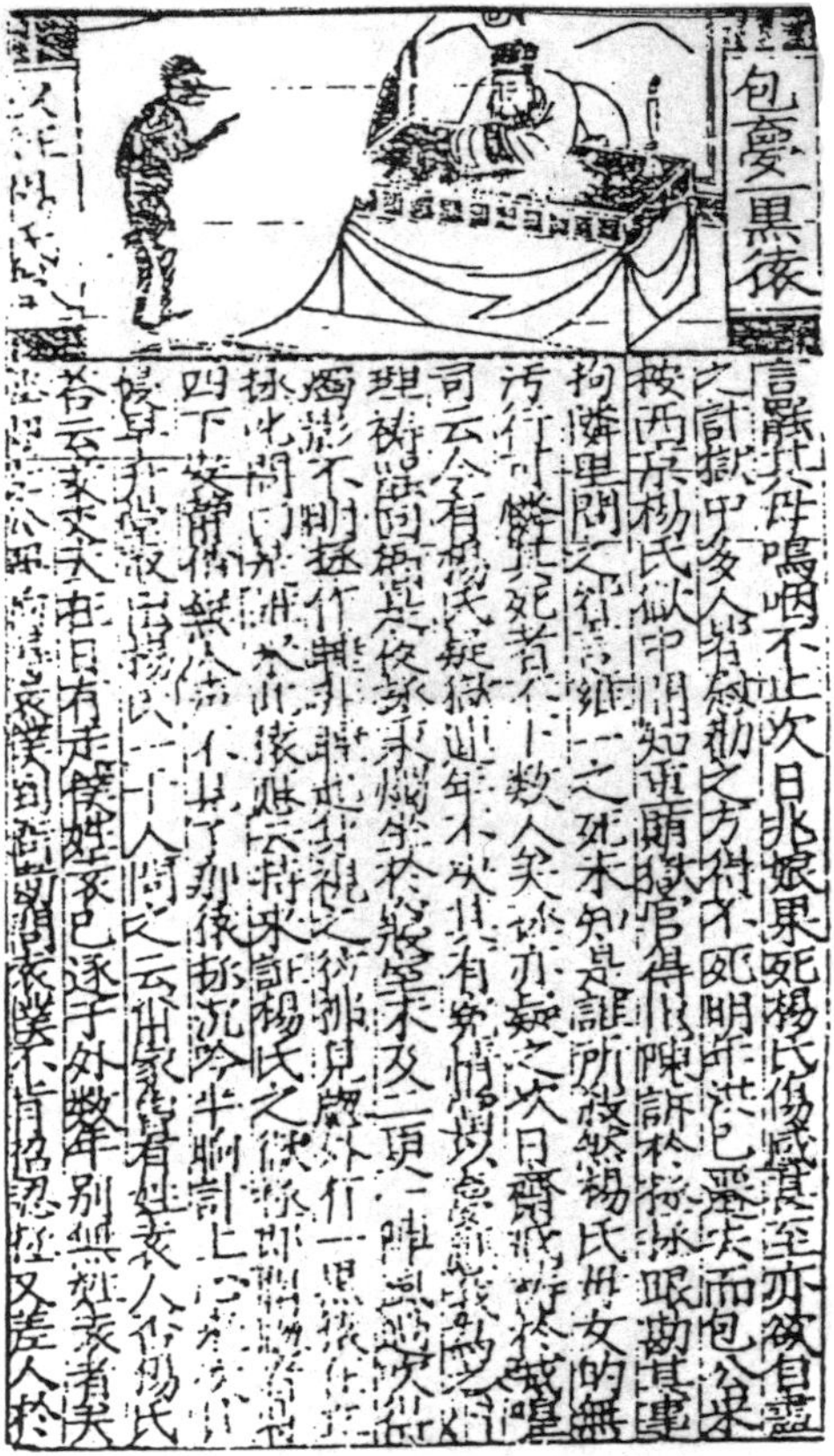

包拯のもとに黒猿が出現する場面
（『百家公案』巻六十七。『百家公案』は『包公案』に先行するテキスト）

その夜、首になった袁僕が張家に泥棒に押し入り、たまたま税金用の銀銭を数えていた雍僕とばったり出くわす。かねて雍僕を恨んでいた袁僕は、委細かまわず、短刀で雍僕を刺殺し、銭箱を奪って逃走してしまう。夜遅く帰宅した楊氏母子が雍僕の死体を見て仰天し、慌てて役所に届けたことは、いうまでもない。

さて、ここに汪《おう》という張家の小作人がいる。張瑞と不仲だった汪は、楊氏母子に愛人がおり、密会しているところを雍僕にみつかったため、母子が結託して殺害したのだと、県知事の洪《こう》にウソを告げる。これを真に受けた洪知事は楊氏母子を投獄し尋問したが、身に覚えのない母子は頑強に否定しつづけた。かくして一年、兆娘は哀れ、獄中で病死してしまう。

やがて洪知事は転任し、名裁判官の包拯《ほうじょう》が視察に来る。この機を逃せば二度と無実は晴らせないと、楊氏は手をまわして獄吏に賄賂《わいろ》を贈り、包拯に一部始終を訴え出た。しかし、さすがの包拯も雍僕殺害の真犯人の目星がつかず、深夜、役所の奥の寝室で考え込んでいると、窓からサッと風が吹き込んで来る。見れば、窓の外に黒い猿が現れ、「楊氏の冤罪を晴らしに来ました」と言うではないか。

この神秘な「猿」の出現で、はたと真実を悟った包拯は、楊氏に「『袁《えん》』という姓の者に心当たりはないか」とたずねた。この結果、悪辣な袁僕が包拯によって逮捕・処刑され、多くの犠牲を払ったものの、楊氏もまずはめでたく釈放された。ウソを告げた汪もそのままではすまず、辺境に流刑されたのだった。

この「窓の外の黒猿」の物語展開はなかなか曲折に富み興趣にあふれるが、包拯に真犯人を暗示すべく「猿」が登場するところは、いかにも単純というほかない。むろん「猿」の字のツクリが「袁」であるところからの連想だが、この抱腹絶倒の露骨さ、単純さこそ、『包公案』が大衆芸能を母胎として生まれたことの、名残なのかもしれない。

第二十話

船旅の悲劇（上）

中国の古典ミステリーには、船旅を素材にしたものがかなりある。明末に書かれた「蘇知県《そちけん》の羅衫《らさん》、再び合うこと」（『警世通言』巻十一）は、文字どおりスリルとサスペンスにあふれた船旅ミステリーの白眉《はくび》である。

明の永楽《えいらく》年間（一四〇三―一四二四）、涿州《たく》（河北省）に、蘇雲《そうん》・蘇雨《そう》という兄弟が住んでいた。父は早く亡くなり、母の張氏《ちょう》が女手ひとつで兄弟を育てたが、幸い兄の蘇雲は出来がよく、二十四歳でみごと科挙に合格した。初任官として蘭渓県《らんけい》（浙江省）の知事に任命された蘇雲は、全財産を整理すると、十分の三を老母と弟蘇雨に残し、あとはそっくり任地に持って行くことにした。そうすれば、賄賂《わいろ》取り放題の地方官の悪習に染まらず、身綺麗でいられると思ったからである。

かくして、蘇雲は江南の任地に向かうべく、身重の妻鄭氏《てい》および使用人夫婦ともども、海運業者徐能《じょのう》の船に乗り込むが、実は徐能は大勢の手下をかかえる江賊《こうぞく》だった。蘇雲の江南の任地に向かう夫妻らの身に…

鄭氏が徐能の家から脱出する場面
（『警世通言』巻十一）

大金と美貌の鄭氏に目を付けた徐能は、夜中に水上で凶行におよび、まず使用人夫婦を血祭りにあげたあと、蘇雲を殺そうとした。しかし、兄に似ない正直者の弟徐用《じょよう》が必死で止めたため、徐能は蘇雲を簀巻《すま》きにして川に投げ込むにとどめた。鄭氏は自分も川に飛び込もうとしたが徐能に阻まれ、翌朝、儀真《ぎしん》県（江蘇省）の徐能家に連れて行かれてしまう。

大金と美貌の鄭氏を手中におさめ、歓喜の絶頂に達した徐能は、その夜、鄭氏との婚礼の祝い酒としゃれこみ、盛大な酒宴を催した。正直者の徐用は鄭氏が気の毒でならず、祝い酒に事寄せて兄の徐能を酔いつぶし、その隙に鄭氏を逃がす算段をする。幸い、徐能の言い付けで鄭氏を見張っていた婆やの朱婆《チューポ》がすっかり彼女に同情し、案内を買って出たため、徐用の好意は実を結び、鄭氏は首尾よく徐能の魔手を逃れ、脱出することができた。

脱出には成功したものの、鄭氏も朱婆も纏足《てんそく》のため、思うように歩けない。まず朱婆が動けなくなり、足手まといになってはわるいと、路傍の井戸に身を投げて死んでしまう。アカの他人の朱婆はけっきょく命懸けで鄭氏を救ったわけだ。鄭氏は愕然《がくぜん》とし悲嘆にくれるが、ぐずぐずしてはいられず、必死になって先を急ぐうち、尼寺に行き当たる。

鄭氏は庵主に救いを求め、尼寺に入れてもらった瞬間、急に産気づき、そのまま男の子を出産した。しかし、尼寺で子供を育てるわけにはゆかず、鄭氏は泣く泣く身につけていた羅衫（絹の肌着）をぬいで赤ん坊をくるみ、金の釵《かんざし》をはずしてその胸もとをとめると、赤ん坊を庵主にわたした。庵主はその子を尼寺から少し離れた場所に捨てたのだった。

川に投げ込まれた蘇雲は生死不明、妻の鄭氏は好色な江賊の魔手からは逃れたものの、せっかく生まれた子供をやむなく捨て子するなど、ここまでの物語展開では、蘇雲夫妻の悲劇はとどまることを知らない。その後、彼らの運命やいかに――。

第二十一話

船旅の悲劇（下）

前話で「蘇知県《そちけん》の羅衫《らさん》、再び合うこと」（『警世通言』巻十一）をとりあげ、赴任地に向から船旅の途中、江賊に襲われた蘇雲《そうん》夫妻の悲劇について述べた。

さて、江賊徐能《じょのう》の魔手から逃れた蘇雲の妻鄭《てい》氏は、尼寺に逃げ込んだ直後、男の子を出産するが、尼寺で育てるわけにはゆかず、捨て子のやむなきに至った。この子を拾ったのは、なんと徐能であった。徐能はこの子を連れ帰り、わが子として育てたのだった。

かくして十五年。徐継祖《じょけいそ》と名付けられたその子はすこぶる出来がよく、科挙の地方試験に合格し、会試（中央試験）にのぞむため、首都北京へと向かった。その途中、涿《たく》州を通過したさい、徐継祖は不思議な老婆と出会う。見るも無残な廃屋に住む老婆は、徐継祖を見るや、行方不明の息子とそっくりだと言い、一晩泊まって行くよう懇願する。なぜか老婆に懐かしさを感じた徐継祖はこれに応じる。

翌朝、徐継祖は老婆から一枚の羅衫（絹のシャツ）を贈られた。実は、この老婆こそ

徐継祖（蘇泰）が祖母と出会う場面
（『警世通言』巻十一）

しだいに解明される出生の秘密

蘇雲の実母張氏《ちょう》だった。十五年前、張氏は蘇雲夫妻の餞別《せんべつ》にすべく、ペアの羅衫を作った。しかし、そのうちの一枚に誤って火熨斗《ひのし》の焼け焦げの跡を付けてしまい、旅立ちに不吉だと手元に残し、一枚だけ蘇雲夫妻にわたした。当人はまったく知らないことながら、徐継祖はこの羅衫にくるまれて捨てられ、今またもう一枚の焼け焦げの付いた羅衫を贈られたのだ。まさに羅衫をめぐる因縁というほかない。

おたがいに気づかないまま、実の祖母と出会った後、徐継祖は一路、北京へと向かう。やがて彼はみごと会試に合格、十九歳の若さで監察御史《かんさつぎょし》（検察長官）に任命され、「刷巻《さつかん》（裁判事件の監察と処理）」のため、南京に赴く。徐継祖が南京に到着したころ、ずっと尼寺にいた鄭《てい》氏が思い決して江賊徐能の犯罪を告発し、その訴状が徐継祖のもとに回ってくる。同じころ、別の人物からやはり徐能を告発する訴えが起こされた。原告の名は蘇雲。実は、蘇雲は川に投げ込まれた直後、親切な人物に助けられたが、身元を証明するすべもなく、ずっと私塾の教師をしていたのである。

実の父母からの訴えと、捨てられた当時、くるまれていた羅衫が発見されたことにより、徐継祖は事件の真相と自らの出生の秘密を知る。かくして彼は徐能ら江賊を一網打尽にし、母鄭氏を救ってくれた徐能の弟徐用《じょよう》を除いて、関係者全員を死刑にした。仇討《あだう》ちを果たした徐継祖は蘇泰《そたい》と姓名を改め、父の蘇雲、母の鄭氏、祖母の張氏と正式に対面し、以後、官吏として出世街道まっしぐら、末長く幸せに暮らした。蘇雲の弟蘇雨《そう》が兄夫婦の行方を捜す旅に出て客死したことを除き、めでたいことづくめの大団円である。

この物語は徐継祖（蘇泰）の出生を境に様相が変化し、彼の出生の秘密がしだいに解明されてゆくところが、まことにスリリングだ。

ちなみに、ミステリーには作品全体を覆う「秘密」が不可欠だとされる。「蘇知県」の物語世界は、このミステリーの鉄則をしっかり踏まえつつ、展開されたものだといえよう。

第二十二話　トリック殺人（上）

中国式ミステリーには、「とりちがえ」や「すりかえ」を鍵《かぎ》とするものが、しばしば見られる。明末の白話短編小説集『初刻拍案驚奇《しょこくはくあんきょうき》』（凌濛初《りょうもうしょ》編）に収められた、「悪船家《せんどう》　計って仮《にせ》の屍《しかばね》の銀を賺《だま》しとり、狠《むご》き僕人　誤って真命状を投ず」（巻十一）は、手の込んだ「すりかえ」のトリックをテーマとする作品である。

明の成化《せいか》年間（一四六五―一四八七）、温《おん》州府永嘉《えいが》県（浙江省）に住む王杰《おうけつ》は、いささか資産もあり、読書三昧《どくしょざんまい》の日々を送っていた。家には妻の劉《りゅう》氏と幼い娘のほか、下僕や下女も数人おり、まずは平穏無事な暮らしだった。

そんなある日、王杰は外で友人と酒を飲み、ほろ酔い気分で帰宅した。と、家の前で生姜《しょうが》売りの行商人と下僕が、生姜の値段をめぐって言い争いをしている。王杰が酔った勢いで、つい頑固な行商人を殴り飛ばすと、なんと喘息《ぜんそく》の持病のある行商人はショックで一瞬、息がとまり、卒倒してしまった。

周四が船中の死体を見せる場面
（『初刻拍案驚奇』巻十一　広島大学図書館所蔵）

行商人をほんとうに殺したのか

仰天した王杰は酔いも吹っ飛び、あわてて行商人を自宅に運び入れ、しばらく介抱したところ、やっと意識をとりもどした。王杰は行商人にあやまり、酒や料理を出して丁重にもてなしたあと、お詫《わ》びのしるしにと白絹を一匹（約十二メートル）贈った。行商人はこれですっかり機嫌を直し、何度も礼を言いながら喜んで帰って行った。

大事にならないでよかったと、王杰がホッとした瞬間、門をはげしく叩《たた》く音がする。出てみると、顔なじみの船頭の周四《チョウスー》が、手に白絹と行商人が生姜を入れていた竹籠を持ち、立っているではないか。周四はせっぱつまった口調で言った。「今しがた生姜売りの行商人が渡し場に来て、船に乗ったとたん、喘息の発作を起こし、旦那《だんな》に殴られたのが原因だと遺言して、死んでしまいました」。

これを聞いた王杰が驚くまいことか。さっそく下男を周四の船にやったところ、たしかに死体はあるとのこと。殺人罪に問われることを恐れた王杰は、周四に口止め料を払って、下男とともに行商人の死体をこっそり運ばせ、王家の墓に埋めさせた。以来、周四は王杰を恐喝しつづけ、大金をせしめたあげく、船頭をやめ布屋を開業したのだった。

かくして一年。今度は王杰の愛娘が疱瘡《ほうそう》にかかり危篤になった。そんなとき、小児科の名医がいるという話を聞き、王杰は下男の胡阿虎《こあこ》に招請状をわたして、すぐ呼んで来いと命じた。しかし、待てど暮らせど、胡阿虎は名医を連れて来ず、娘は死んでしまった。実は、名医が来なかったのは、胡阿虎が途中で飲んだくれ、招請状をなくしたためだった。

この事実を知った王杰は胡阿虎を叩きのめし、クビにしたところ、腹を立てた胡阿虎は、行商人殺しの一件で王杰を告発した。たちまち王杰は逮捕・投獄されたが、なにぶん行商人の死体を確認する親族があらわれないため、処分保留のまま獄中に留め置かれた。王杰はほんとうに行商人を殺したのか。事件の真相はいかに――。

第二十三話　トリック殺人（下）

さて、『初刻拍案驚奇《しょこくはくあんきょうき》』（凌濛初著《りょうもうしょ》）に収められた、「悪船家《せんどう》　計って仮《にせ》の屍《しかばね》の銀を賺《だま》しとり、狠《むご》き僕人　誤って真命状を投ず」（巻十一）をとりあげ、王杰《おうけつ》なる人物が、生姜売りを殺したかどで投獄された顛末《てんまつ》を述べた。

王杰は処分保留のまま、半年近く獄中ですごすうち体が弱り、とうとう瀕死《ひんし》の状態になってしまう。妻の劉《りゅう》氏は手のほどこしようがなく、途方にくれるばかり。そんなある日、王《おう》家に天秤棒《てんびんぼう》をかついだ行商人がフラリと立ち寄る。その男を見た瞬間、下僕たちは「幽霊だ」と絶叫し、大騒ぎになる。なんとその男こそ、王杰が殴り飛ばしたはずみに気絶した、生姜売りの呂大《りょだい》だったのである。

驚いた劉氏は呂大に向かって、「あんたのせいで、うちの主人は半年前から牢屋《ろうや》に入っている」と、一部始終を語り聞かせた。すなわち、船頭の周四《ヂョウスー》が呂大の所持していた白絹と竹籠を持って、王家を訪れ、王杰が殴ったショックで呂大が頓死《とんし》したと称して、

無実が晴れ、王杰は無罪放免

呂大が役所で証言する場面
(『初刻拍案驚奇』巻十一　広島大学図書館所蔵)

船の中の死体を見せたこと。驚いた王杰は周四に口止め料をはらい、下僕の胡阿虎《こあこ》に命じて死体を墓地に埋めさせたが、一年後、胡阿虎をクビにしたため、腹いせに呂大殺しの犯人として告発され、もう半年も獄中にあること云々《うんぬん》。

これを聞いて仰天した呂大は、一年半前、王杰に殴られた日の記憶をたどり直す。呂大は王杰に殴られ気絶したものの、丁重に介抱されて意識をとりもどし、ごちそうになるやら白絹をもらうやらで、すっかり気分をよくし、王家を辞去したあと、渡し場で船に乗った。このとき、船頭の周四についペラペラと事件の顚末を話したところ、周四はなぜか王杰からもらった白絹と商売用の竹籠を譲ってほしいと言いだし、いい値段だったので二つ返事で承知した。かくて、船中で話している最中、ふと目をやると、岸辺に水死体が浮かんでいたことまで、呂大ははっきり思い出す。

つまるところ、悪知恵のはたらく周四は、呂大の話を聞くうち、白絹と竹籠を道具に一芝居打ち、王杰をゆすって大枚せしめることを思いついたのである。おあつらえ向きに、そこには呂大の死体に見せかけるべく、身元不明の水死体まで浮かんでいたのだから、道具立ては完璧《かんぺき》だった。

周四の死体すりかえトリックを見破った呂大は、劉氏ともども役所に出向き、王杰の無実を証明した。なにしろ殺されたとされる当人がピンピンしているのだから、これは説得力があった。おかげで王杰は無罪放免となるが、殺人事件をデッチあげた周四と、虚偽の罪を主人に着せた胡阿虎は棒殺されたのだった。

この話を収める『初刻拍案驚奇』には、つごう四十篇の白話短編小説が収録されているが、これらはすべて「擬話本《ぎわほん》」である。擬話本とは、明代の文人が語り物（講談）のテキストである「話本」のスタイルをまねて、著したものを指す。すりかえトリックを遊び心たっぷり、すこぶる技巧的に駆使した、この「悪船家」の物語展開もまた、いかにも文人の手をへた擬話本ならではのものといえよう。

第二十四話　証文騒動記(上)

明末の白話短編小説集『初刻拍案驚奇《しょこくはくあんきょうき》』に収められた、「張員外《ちょういんがい》　義もて螟蛉子《ようし》を撫《やしな》い、包龍図《ほうりゅうと》　智もて合同文《ごうどうぶん》を賺《だま》しとる」(巻三十三)という作品は、宋代以来、語り物として流布された有名な話を、リライトしたものである。宋・元の話本(語り物のテキスト)を編纂した『清平山堂話《せいへいさんどうわ》本《ほん》』(明・洪楩《こうべん》編)に見える、「合同文字記」はその原型にほかならない。この話はよほど人気があったのか、芝居にもなった。元曲(元代の戯曲)の「包待制《ほうたいせい》　智もて合同文字を賺しとる」(作者不明)が、これにあたる。

さて、「張員外」の物語世界は以下のように展開される。

ときは北宋。首都開封《かいほう》の町はずれ、義定坊《ぎていぼう》に劉天祥《りゅうてんしょう》・天瑞《てんずい》という兄弟が住んでいた。兄天祥の妻楊《よう》氏は子連れの再婚で、天祥との間に子供はない。一方、弟天瑞の妻張《ちょう》氏は、天瑞との間に息子(安住《あんじゅう》)がいる。天祥と天瑞はいたって兄弟仲がよく、結婚後も同居をつづけ、財産を共有していた。天祥の妻楊氏は強欲で、連れ子して来た娘に劉家

張員外が劉安住を養子にする儀式の場面
（『初刻拍案驚奇』巻三十三 広島大学図書館所蔵）

安住、亡き実父母の念願を果たすか

の全財産を継がせたいと、あれこれ画策したが、弟思いの夫の気持ちを変えることはできなかった。

しかし、思いがけず、この仲のよい兄弟がどうしても別れ別れにならなければならない日が来る。ある年、開封一帯が凶作に見舞われ、役所からの通達で、二世帯が同居している劉家では、どちらか一世帯が「趁熟《ちんじゅく》（豊かな収穫のある土地に移住すること）」しなければならない羽目に陥ったのだ。

このとき、弟の天瑞は、若い自分が妻子を連れて移住すると言い張り、兄天祥もやむなく同意する。ただ、別離にさいし、天祥は劉家の全財産を列挙し、これが兄弟の共有財産であることを明記した合同文（証文）を二通作成し、兄弟がそれぞれ一通ずつ保管することにした。そうすれば、いつ天瑞一家が帰って来ても大丈夫だと、弟思いの天祥は考えたのだ。証文作成のさいに、証人になったのは、兄弟の友人李社長《りしゃちょう》だった。ちなみに、李社長の娘は天瑞の息子安住の許嫁《いいなずけ》でもあった。もっとも、このとき安住は三歳、李社長の娘は生まれたばかりだったけれども。

さて、証文を懐にした天瑞は妻子を連れ、潞《ろ》州高平《こうへい》県下馬《げば》村（山西省）に移り住んだ。幸い、村の財産家である張員外（本名は張秉彝《ちょうへいい》）が親切にしてくれたため、暮らしに困ることはなかった。やがて子供のない張員外から、利発な安住を養子にしたいと申し出があり、流浪の身の天瑞夫婦はやむなく承諾した。しかし、安住を養子に出してまもなく天瑞夫婦は重病にかかり、張員外に安住が成長したとき、開封に帰郷させ、二人の骨を劉家の墓に埋葬してほしいと遺言し、くだんの証文を張員外に預けると、あいついで絶命した。

それから十五年。安住が十八になったとき、張員外は証文を渡し、実の両親の遺骨をもって開封に行き、劉家の墓に埋葬するよう申しつけた。安住は亡き両親の念願を果たすことができるのだろうか――。

第二十五話

証文騒動記（下）

前話で「張員外《ちょういんがい》　義もて螟蛉子《ようし》を撫《やしな》い、包龍図《ほうりゅうと》　智もて合同文《ごうどうぶん》を賺《だま》しとる」（『初刻拍案驚奇』巻三十三）をとりあげ、開封在住の劉天祥《りゅうてんしょう》・天瑞《てんずい》兄弟が凶作の年、劉家の財産を列挙した合同文（証文）を二通作成し、各自一通ずつ持って、別離した次第を述べた。山西地方に移住してまもなく弟の天瑞と妻の張氏は病没したが、土地の財産家、張員外の養子になった息子の安住《あんじゅう》はすくすく成長した。

十五年後、十八歳になった安住は、実の両親の遺骨と証文を持って開封へ行き、劉家を訪れた。このとき、最初に応対に出て来たのは天祥の妻楊《よう》氏だった。この間、劉家は繁栄し、楊氏の娘（連れ子）もすでに結婚していた。娘夫婦に全財産を継がせたい楊氏は、突然、証文をもって出現した安住に脅威を感じ、言葉巧みに彼の証文を巻き上げてしまう。

しばらくして顔を出した叔父劉天祥の前で、安住が確かに証文を渡したと言っても、

証文騒動を裁く包拯
（『初刻拍案驚奇』巻三十三 広島大学図書館所蔵）

殺人事件は起こらず、珍しい展開

楊氏は知らぬ存ぜぬの一点張り。安住がいくら「財産はいらない。証文によって身元を証明し、両親の骨を劉家の墓地に埋葬したいだけだ」と主張しても、楊氏はまったく受けつけない。あげくのはては安住をペテン師呼ばわりし、棒でこっぴどくたたきのめす始末。

さんざんな目にあった安住が途方にくれていると、地獄で仏、親切に介抱してくれる人物が現れる。これぞ劉天祥・天瑞兄弟が証文を作成したさいの証人、李社長《りしゃちょう》であった。話を聞いて憤慨した李社長は安住を連れ、開封府の長官包拯《ほうじょう》に直訴し、楊氏を告発した。

包拯は一計を案じ、楊氏を呼んで事情聴取し、安住をペテン師だとする楊氏の主張を受け入れるふうを装って、ひとまず安住を投獄する。そのうえで、数日後、また楊氏を呼び出し、「安住はおまえに棒で殴られた傷が悪化し獄中で死んだ。安住が他人なら殺人罪で死刑だが、身内なら年上の者が年下の者を折檻《せっかん》し、誤って死なせただけだから、罰金罪ですむ」と告げる。効果はてきめん、うろたえた楊氏は安住から巻き上げ、ひた隠しにしていた証文を提出し、夫の甥《おい》だと主張した。

これはむろん包拯が一芝居打ったのであり、安住が元気でピンピンしていたのはいうまでもない。かくして、楊氏は量刑こそ免れたものの、偽証罪で多大な罰金を課せられ、これに連座して、もともと劉家と血縁関係のない娘夫婦も財産継承権を剝奪《はくだつ》されて、この証文騒動は一件落着する。一方、安住は養父張員外の財産と劉家の財産をすべて継承し、三歳のころからの許嫁である李社長の娘と結婚するなど、恵まれた生涯を送ったのだった。

証文を核とする悲喜劇をミステリータッチで描くこの作品では、殺人事件はおこらず、処刑される犯人もいない。また、機知をはたらかせる名裁判官包拯のイメージも洒落《しゃれ》っ気たっぷり、いたってユーモラスで、魔術師めいた神秘的な要素は見られない。語り物や芝居の世界で繰り返しとりあげられてきた、この「張員外」の物語は、血なまぐさくも、おどろおどろしい展開の多い中国式ミステリーには、めずらしい作品といえよう。

第二十六話

包拯の実像

明末の公案小説集『包（龍図《りゅうと》）公案』は、中国古典ミステリーきっての大スター、包《ほう》拯《じょう》の名裁きをテーマとする話を網羅的に収録する。この包拯の実像を探ってみよう。

包拯（九九九―一〇六二）は字《あざな》を希《き》仁《じん》といい、北宋の咸平《かんぺい》二年（九九九）、廬《ろ》州合肥《がっぴ》県（安徽《あんき》省）に生まれ、第四代皇帝仁宗《じんそう》（一〇二二―六三在位）の天聖《てんせい》四年（一〇二六）、二十八歳で科挙に合格した。しかし、老齢の両親に仕え、その死後も喪に服しつづけたため、実際に官界入りを果たしたのは、科挙に合格してから、ほぼ十年後であった。

初任官は天長《てんちょう》県（安徽省）の知事だが、このとき、包拯は早くも名裁判官の片鱗《へんりん》を示す。ある男から、飼っている牛の舌を切り取られたので、この犯人を捜し出して処罰してほしいと訴えがあった。包拯はこの訴人に対し、「こっそり牛を殺して売りなさい」と指示した。訴人が指示どおりにしたところ、この訴人が牛を殺して密売していると、訴え出た男がいた。包拯はこの男こそ牛の舌を切り取った犯人だと看破し、追及すると、

合肥にある「包公井」
（貧官汚吏がこの水を飲むと頭痛がとまらなくなるという）

牛の舌を切った犯人を推理

男は恐れ入って罪に服したのだった。密売された牛はむろん舌が切り取られており、その牛の飼い主（訴人）を知っているのは、舌を切った犯人しかいないと、包拯は推理したわけだ。ちなみに、この話は『宋史』の「包拯伝」にちゃんと記載されている。

この名裁きで包拯の評判はいっきょに上がった。むろんこればかりではなく、すぐれた行政手腕の持ち主だった彼は、以後、各地の長官を歴任、北宋の首都開封府の知事にまでなった。中央官としても、皇帝の書庫である天章閣《てんしょうかく》の待制《たいせい》や、同じく龍図閣《りゅうとかく》の直学士《ちょくがくし》（包待制・包龍図と呼ばれるのはこのため）などエリート予備軍の官職を経て、監察・裁判部門の長官クラスである御史中丞《ぎょしちゅうじょう》のポストについて剛腕をふるうなど、仁宗のブレーンとしてにらみをきかせた。

包拯はともかく非常に清廉潔白な人で、どんな有力者も不正を犯せば、容赦しなかったため、「コネのきかない閻魔《えんま》包老」と称され、庶民に圧倒的人気があった。また、包拯は役所の門をいつも開放して下役人を介さず、人々の直訴を受けた。後世、「正義の味方」として、長らく民衆世界の芝居や語り物のトップスターとなったのも、むべなるかな、である。

ちなみに、包拯はひとり息子が夭折《ようせつ》するなど、私生活では恵まれなかった。ただ、再婚を拒否し包家に留まった息子の嫁崔《さい》氏はすこぶる賢明な女性だった。詳細は不明ながら、包拯はかつて身ごもっていた側室を追い出したことがあり、生まれた息子は側室の実家で養育されていた。崔氏はひそかに側室母子を援助しつづけ、夫の死後は子供を引き取って、包拯を喜ばせたという。ただし、この側室の子はいたって出来のわるい方だったらしいが。

この逸話も『宋史』の「包拯伝」に記載されており、マジメ一方の堅物、包拯の意外な側面が堂々と公表されている。この天下周知のスキャンダル（嫁の崔氏にとっては美談だが）もまた、デフォルメされつつ長らく伝承され、包拯伝説に膨らみを与えて来たものとおぼしい。

第二十七話
黒桶の告発

約百篇に及ぶ包拯《ほうじょう》の裁判物語を収録した『包公案』には、奇想天外な話も数多い。とりわけ「烏盆子《くろおけ》」なる話の展開は、まさしく奇妙キテレツそのものだ。

包拯が定州《てい》（河北省）の知事だったころのこと。揚州《よう》（江蘇省）の富裕な商人李浩《りこう》は、商用で定州へやって来たが、目的地に到着した気のゆるみから、つい深酒をして道端で眠り込む。これを見た丁千《ていせん》と丁万《ていまん》は、身ぐるみ剝いだあげく、李浩を殺し、その死体を窯《かま》に入れて焼いてしまった。さらに念の入ったことに、二人はその灰と骨を取り出すと、粉々に砕いて土とまぜあわせ、またまた窯で焼き、烏盆子（黒い陶器の桶《おけ》）にして売りに出した。

この黒桶を買ったのは、定州在住の王老《おう》だった。王老は黒桶を便器に使っていたが、ある日、黒桶が口をきいて抗議し、また自分（李浩）の身の上を語って、丁千と丁万を告発したいから、包拯のもとに連れて行ってほしいと懇願する。同情した王老は翌日、

万暦赤絵（五彩瑞獣文罐）。
これは景徳鎮（江西省）で製作されたものだが、
定州も陶磁器で有名

黒桶をかかえて役所に出向き、包拯に訴え出た。しかし、包拯が尋問しても、黒桶は何も語らず、怒った包拯はウソをつくなと王老を追い返す。

ところが、その夜、黒桶はまた口をきき、包公の前で黙っていたのは、裸で恥ずかしかったからであり、何か衣装を着せて連れて行ってほしいと頼み込む。そこで、翌日、王老が桶に衣装をかぶせ、もう一度、包拯の前にまかり出たところ、今度は、黒桶は包拯に向かってハキハキと一部始終を語り聞かせた。黒桶の告発を受け、包拯はただちに丁千・丁万を逮捕・処刑する一方、李浩の家族を呼んで黒桶を引き取らせ、埋葬させたのだった。

そもそもいくら人骨で作られているとはいえ、黒桶が口をきくのはおかしいし、裸だと恥ずかしがるのはもっとおかしい。これぞ語り手も聞き手（読者）も遊戯感覚たっぷり、ナンセンスな物語展開を楽しむ、「おとぼけミステリー」の典型的作品というほかない。

ちなみに、清廉潔白の塊である包拯は、芝居ではいつも黒臉《ヘイリエン》（黒いくまどり）で登場するが、これについても奇妙な伝承がある。包拯と狄青《てきせい》（北宋の優秀な武将）はもともと天上世界の住人だったが、あるとき天帝の命令で下界に降りることになった。しかし、二人が渋ったため、怒った天帝は彼らを下界に突き落とした。このとき、包拯と狄青は首がちぎれてしまったので、下界に落下したとたん、慌てて首をすげた。このとき、間違えて、包拯が狄青の武将用の黒瞼を、狄青が包拯の文官用の白瞼《パイリエン》（白塗り）をつけてしまったため、包拯はずっとものものしい黒瞼をつける羽目になった、というものである。

　これまたナンセンスで奇妙な話だが、このすっとぼけたチグハグさこそ、民衆世界の超人気者包拯が、時にはあべこべや逆転の発想を駆使し、思い切り羽目をはずしたい人々のカーニバル感覚を、一身に体現した存在であることを、自ずと示しているともいえよう。

第二十八話　美女の怨み（上）

かつてテレビで「刑事コロンボ」という人気シリーズがあった。このシリーズでは、どの作品も、まず視聴者に犯行の一部始終と犯人を提示し、ついで風采《ふうさい》のあがらない刑事コロンボが登場、巧妙に犯行を隠蔽《いんぺい》する真犯人をじりじりと追いつめ、その犯行を完《かん》膚《ぶ》なきまでにあばくという具合に作られていた。

このように、まず読者や観客に犯人を明らかにしたうえで、探偵役が推理力を駆使して犯行をあとづけ、謎解きを行う語り口や手法を、ミステリーの世界では「倒叙《とうじょ》法（犯人・犯行を先に読者や観客に知らせるミステリーの方法）」と呼ぶ。実は、明末の公案小説集『包公案』に収められた短編ミステリーも、この倒叙法によるものがすこぶる多い。「舌を咬《か》んで喉《のど》を扣《し》めらる」と題される作品はその典型である。

曲阜県《きょくふ》（山東省）に住む呂如芳《りょじょほう》は聡明な人物で将来を嘱望《しょくぼう》され、有力な地方官陳邦謨《ちんほうぼ》の娘（陳月英《ちんげつえい》）と結婚することになった。なにしろ月英は絶世の美女なので、高級官僚

明代の美人画（唐寅作「嫦娥奔月図軸」より）

真犯人は逃げ切れるか

のドラ息子朱弘史(しゅこうし)をはじめ、婚礼の日に集まった呂如芳の友人はみなひどくうらやましがった。

やがて呂如芳・陳月英夫妻は一子をもうけ、平穏な日々がつづくが、数年後、呂如芳の両親があいついで死去する不幸に見舞われる。両親の喪があけると、科挙の幾段階かの地方試験をクリアした呂如芳は、さらに別の土地で実施される上級試験に臨むべく、妻子と別れ、下僕の程二《チョンアル》をお供に連れて出発した。ところが、不運にも旅の途中で、呂如芳は当時、猛威をふるう倭寇《わこう》に捕まってしまう。辛うじて逃げ帰った程二から、事の次第を聞いた月英は悲嘆にくれるが、どうしようもない。

たまたま実父の陳邦謨が転任することになり、ついて来るよう月英に勧めるが、彼女は頑として子供を守って夫の帰りを待つと言い張る。かくて、月英は下僕の程二夫婦とまだ七歳の召し使いの少女を使って、外出もせず、すがすがしい暮らしをつづけた。ただ、程二は誠実だったが、その妻春香《チュンシアン》は隣人の張茂七《ちょうぼうしち》と不倫関係にあるなど、何かと問題があった。

一方、婚礼の当日から月英の美貌に目を付けた、高級官僚のドラ息子朱弘史は月英が一人でがんばっていることを知るや、まず呂家の近所に引っ越して来て、いろいろ情報を収集した。隙《すき》あらば呂家に侵入しようというのだ。やがて、程二が不在の日を突き止めた朱弘史は、しめたとばかりに呂家に忍び入り、夜になるのを待って月英を手籠《てごめ》にしようとした。しかし、月英ははげしく抵抗し、朱弘史の舌先を噛《か》んだため、苦しまぎれに朱弘史は彼女の首を絞めて殺害し、慌てて逃げた。

月英を殺したのは誰か。所用を終えてもどって来た下僕の程二は、近所の人々の証言から、妻の春香が張茂七との不倫関係を、月英になじられ、二人で共謀して殺害したにちがいないと判断し、役所に二人を告発した。春香と張茂七はたちまち逮捕・投獄され、詮議《せんぎ》の結果、両名とも死罪の判決が下った。真犯人の朱弘史がこのまま逃げ切れるのかどうか——。

第二十九話　美女の怨み（下）

前話で『包公案』に多く見られる「倒叙法」による、作品の典型として「舌を咬《か》んで喉《のど》を扣《し》めらる」をとりあげた。

この作品の主要登場人物陳月英《ちんげつえい》は、夫呂如芳《りょじょほう》が倭寇に連れ去られたあと、身持ち正しく暮らしていた。そこに、登場したのが邪恋に狂う高級官僚のドラ息子朱弘史《しゅこうし》。朱弘史は月英の家に忍び込んだが、抵抗され舌の先を嚙《か》まれたために、彼女を絞殺し逃走した。ところが、月英殺しの犯人として逮捕され、死刑を申しわたされたのは、なんと下僕程二《チョンアル》の妻春香《チュンシアン》とその不倫相手の張茂七《ちょうぼうしち》だった。

かくして三年。たまたまかの名裁判官包拯《ほうじょう》が、事件のおこった曲阜県に巡察にやって来る。このとき張茂七の父親から息子の冤罪を訴える文書が提出された。これを受け取った包拯は、役所で事件の調書に目を通しているうち、ついうとうとしてしまう。すると、夢に美女があらわれ、次のように唱えた。

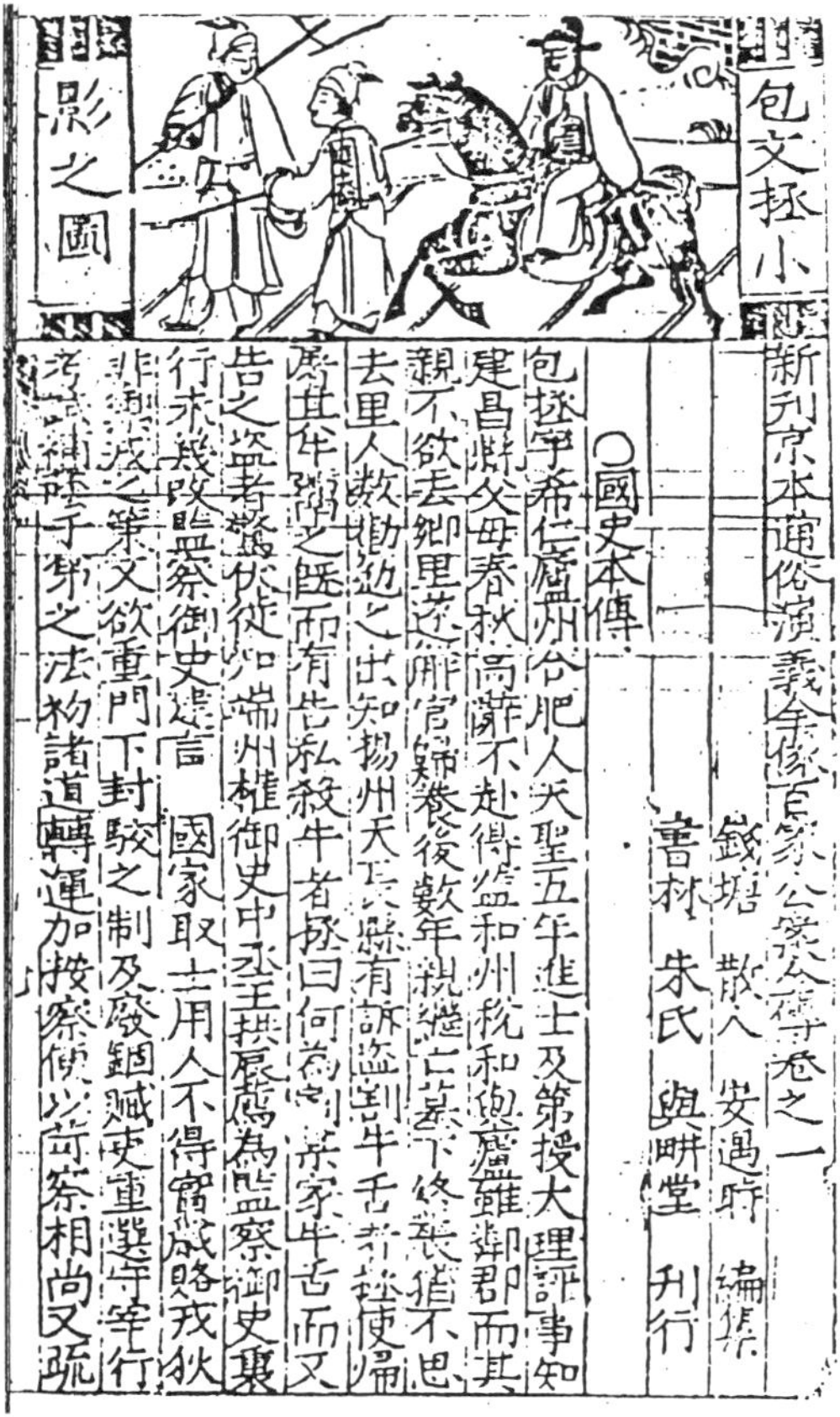

新刊京本通俗演義全像百家公案全傳卷之一
錢塘 散人 安遇時 編集
書林 朱氏 與畊堂 刊行
○國史本傳
包拯字希仁廬州合肥人天聖五年進士及第授大理評事知建昌縣以父母春秋高辭不赴得監和州税和州廬州雖鄰郡而其親不欲去鄉里遂辭官歸養後數年親繼亡拯廬墓終喪猶不忍去里人數勸勉之出知揚州天長縣有訴盜割牛舌者拯使歸屠其牛鬻之既而有告私殺牛者拯曰何為割某家牛舌而又告之盜者驚伏從知端州擢御史中丞王拱辰薦為監察御史裏行末幾改監察御史建言　國家取士用人不得竄賦賂戎狄非禦戎之策又欲重門下封駁之制及廢錮贓吏重選守宰行考試補蔭子弟之法初諸道轉運加按察使以苛察相尚又疏

巡察する包拯（『百家公案』）

舌尖《ぜつせん》　口に留《とど》まり　幽怨《ゆうえん》を含む
蜘蛛《くも》　横死して　恨みは方《はじ》めて除かる

ハッと目をさました包拯は、調書の上に口をあき舌を切られた、巨大な蜘蛛が死んでいるのを目にする（蜘蛛に舌があるかどうかは不明だが、『包公案』にはそう書いてある）。彼は勘《かん》よく「蜘蛛」の「蛛（中国音はヂュ）」の形と音から、この事件の真犯人が「朱（中国音はヂュ）」という姓ではないかと推理する。

そこで、収監中の春香を呼び出し、「呂家の親類か友人に『朱』という姓の者がいないか」と聞くと、春香は朱弘史の名をあげた。なるほど「蛛」と「朱」が同音であるばかりか、美女が唱えた句のなかにある「横死（中国音ではホンスー）」と「弘史（中国音ではホンシー）」も、音が通じる。ピンときた包拯は他事にかこつけ、朱弘史を招待すると、どうもろれつがまわらず、言語不明瞭《ふめいりょう》だ。彼を帰し、同居中の友人を呼んでたずねると、ある日を境に突然ああなったとのこと。それは紛れもなく陳月英が絞殺された日であり、朱弘史は彼女に舌尖を嚙み切られたため、言語不明瞭になったことが、判明する。

夢の女のいう「舌尖　口に留まり　幽怨を含む」とはこの意味だったのかと、合点した包拯は、ただちに朱弘史を逮捕、きびしく追及した。この結果、朱弘史はいっさいを自供し、斬首《ざんしゅ》の刑に処せられたのだった。ちなみに、春香と張茂七は殺人の疑いこそ晴れたものの、姦通罪で両名とも流刑の処分を受けた。

夢のお告げあり、文字遊びの「字謎《ヅーミー》」ありと、これまたいかにも中国式ミステリーらしい華々しい展開の作品である。ただ、このように最初から犯人がわかっており、探偵役が犯人にたどりつくまでの推理を楽しむ、「倒叙法」によるミステリーでは、読者や観客の方が探偵役より、犯人について確実な情報をつかんでおり、明らかに優位に立っている。きわめて娯楽性のつよい『包公案』の作品群や「刑事コロンボ」シリーズが、倒叙法を愛用する理由は、おそらくこのあたりにあるのだろう。

第三十話

犯人捜しのテクニック（上）

明末の公案小説集『包公案』には多くの種本がある。十三世紀の初頭、南宋の桂万栄《けいばんえい》が編纂《へんさん》した有名な裁判説話集、『棠陰比事《とういんひじ》』もその一つである。『棠陰比事』にこんな話がある。題して「任城《じんじょう》　靴を示すこと」。

南北朝時代、北朝（北方異民族王朝）北斉《ほくせい》（五五〇―五七七）の皇族、任城王高湝《こうかい》は、刺史《し》（長官）として并州《へい》（山西省）に赴任した。と、ある日、一人の老女が古靴を手に役所に駆け込んで来た。聞けば、川のほとりで洗濯している間に、馬に乗って通りかかった者が、この古靴をぬぎすて、そこに置いてあった彼女の新しい靴をはいて逃げたとのこと。

訴えを聞いた高湝は一計を案じ、城内の老女を呼び集めて古靴を示し、「馬に乗ってどこかへ行く途中、賊に殺された者がいる。これが被害者の靴だ。心当たりのある者はないか」と告げた。と、一人の老女が泣きながら言うには、「うちの息子が昨日、その

陶馬（唐）

頓知のきく長官が事件を解決

靴をはいて嫁の里に行きました」。まちがいない、その男が靴泥棒だ。高堦はただちに彼を逮捕し、この小さな事件は一件落着したのだった。

若い男に老女の靴がはけるだろうか。当時の靴はフリーサイズで、万人向けにできていたのだろうか。などなど疑問は残るが、小さな犯罪を大真面目《まじめ》にとりあげたこの話には、とぼけた味わいがあり、なかなか面白い。

ちなみに、『棠陰比事』は「比事（事を比《なら》べる）」というタイトルが示すように、類似した事件（話）を二つずつセットにし、並べて配置する構成になっている。中国人特有の対句的発想による、この二話セット形式は、以後、「三言」や『包公案』など、白話短編小説集の基本的スタイルとなる。

それはさておき、今あげた「任城　靴を示すこと」とセットになっているのは、「楊《よう》津《しん》　絹を獲《え》ること」と題される話である。

やはり北朝北魏《ほくぎ》（四三九―五三四）の時代、岐《き》州（陝西《せんせい》省）の城外で、ある者が大量の絹を運ぶ途中、これをごっそり馬に乗った盗賊に奪われるという事件がおこった。岐州刺史の楊津《ようしん》は部下から詳しい報告を受けるや、「何々色の服を身につけ、何々色の馬に乗った者が城外で殺されたが、身元がわからない。身内の者がいれば、すみやかに死体を引き取りに来るように」と立て札を出した。まもなく一人の老女が州役所にやって来て、涙ながらに「それは私の息子です」と申し出た。そこで、楊津は即刻、老女の息子を指名手配し、逮捕したのだった。

この話もまた先の話と同様、頓知《とんち》のきく長官が、正体不明の犯人を被害者に仕立てることによって、犯人の近親者（老母）をあぶりだし、事件を解決する仕組みになっている。この二つの話には、何も知らない老女をだます後味のわるさがないわけではない。しかし、なにぶん靴泥棒と絹泥棒の話だから、彼らがおこした犯罪そのものに残酷さはない。一方、この二話を下敷きにした、『包公案』の話になると、がらりと雰囲気が変わり残酷趣味がつよくなる。

第三十一話

犯人捜しのテクニック(下)

前話で南宋の裁判説話集『棠陰比事《とういんひじ》』に収められた二つの話をとりあげた。いずれも、頓知《とんち》のきく長官が正体不明の犯人を被害者に仕立てて、近親者をあぶりだし、事件を解決するという筋立てだった。明末の公案小説集『包公案』に収められた、「血衫《けつさん》街に叫ぶこと」は、この二話を下敷きにしたミステリーだが、ここでは素朴な二話とはうってかわり、凄惨《せいさん》な物語世界が展開されている。

ときは北宋。包拯《ほうじょう》が肇慶《ちょうけい》(広東省)の長官だったころ、城外の宝石村の富裕な地主黄《こう》長老《ちょうろう》の長男、黄善《こうぜん》は城内に住む陳許《ちんきょ》の娘陳瓊娘《ちんけいじょう》と結婚した。結婚してから約一年、瓊娘はすっかり婚家になじみ、平穏な生活を続けていた。

そんなある日、城内の陳家から下僕の進安《しんあん》が飛んで来て、陳許が急病で倒れたと告げる。仰天した瓊娘は夫の黄善にすぐ里帰りさせてほしいと頼むが、黄善は今は稲の収穫期で使用人も忙しく、お供につけてやれないから、もう数日待てと言うばかり。しびれ

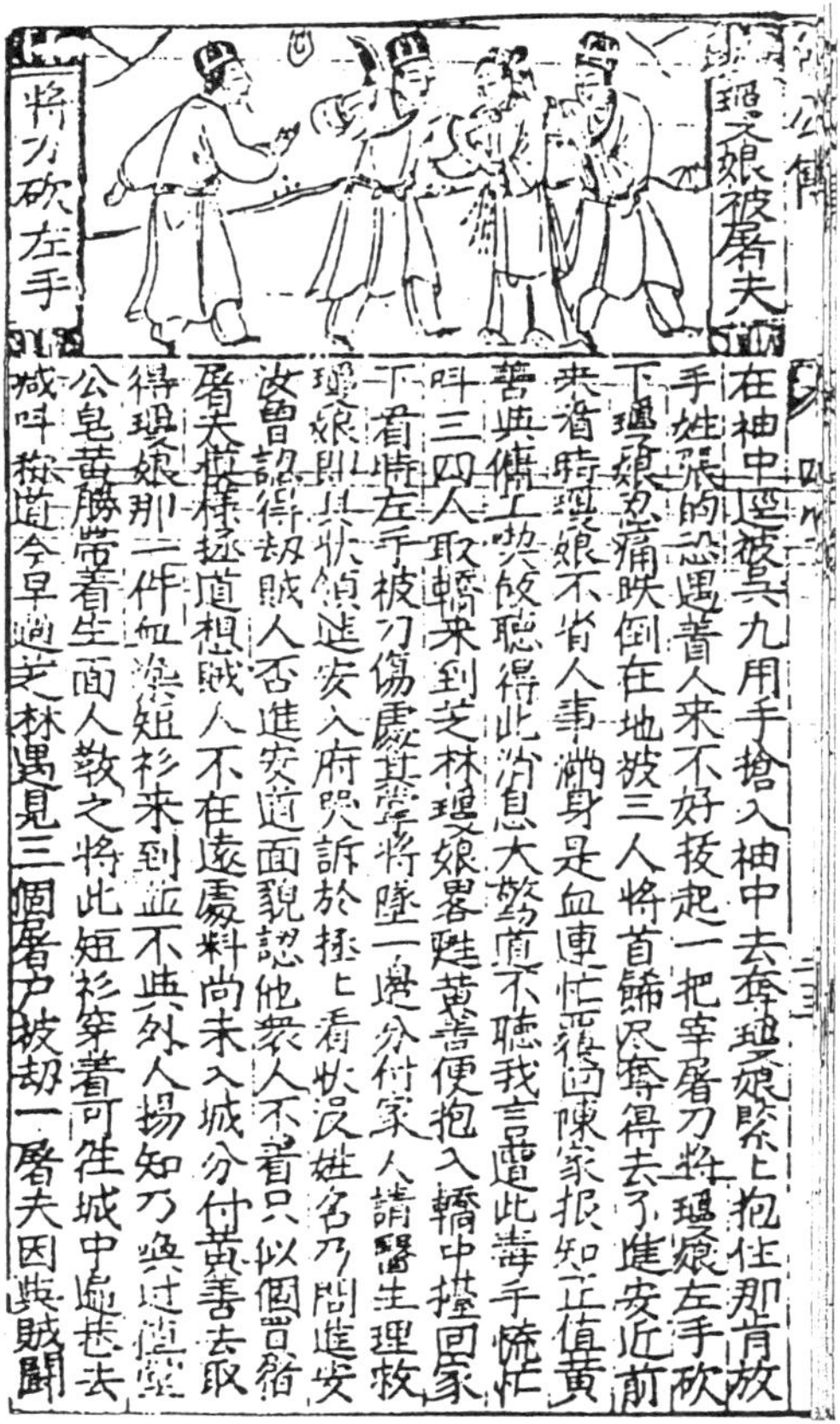

在袖中遮藏兵九用手搶入袖中去奪瓊娘臂上抱住那肯放手姓張的恐遇着人来不好拔起一把宰屠刀将瓊娘左手砍下瓊娘忍痛跌倒在地被三人将首飾尽奪得去了進安近前来看時瓊娘不省人事满身是血連忙背回陳家報知正值黄善與備工燃飯聴得此消息大驚道不聴我言遭此毒手慌忙叫三四人取轎来到芝林瓊娘畧甦黄善便抱入轎中擡回家下看時左手被刀傷處其掌将墜一邊分付家人請醫生理救瓊娘則以其狀領進安入府哭訴於拯拯看狀見姓名乃問進安汝曽認得刼賊人否進安道面貌認他衆人不着只似個罟猾屠夫模様拯道想賊人不在遠處料尚未入城分付黄善去取得瓊娘那一件血染短衫来到並不與外人揚知乃喚过従公皂黄勝帶着生面人教之将此短衫穿着可往城中遍巷去喊叫称道今早過芝林遇見三個屠戸被刼一屠夫因與賊鬭

ワルの張が瓊娘の左腕を斬りつける場面（『百家公案』）

名裁判官裁きに加わる凄惨さ

を切らした瓊娘は、翌朝、黄善が使用人を連れて稲刈りに出たあと、進安ひとりをお供に連れて、裏門から抜け出し、実家に向かった。この瓊娘の冒険がとんでもない事件を引き起こす。

さて、瓊娘と進安は道を急ぎ、うっそうと茂る林にさしかかった。濃霧が立ちこめ、先が見えなくなった瞬間、城内に行く三人の無頼漢《ぶらいかん》と出くわしたのが運の尽き。いちばんワルの張《チャン》が瓊娘の装飾品に目を付け、二人の仲間をそそのかして、抵抗する瓊娘の腕に斬《き》りつけ、身ぐるみ剝《は》いで逃亡したのである。瓊娘は気絶したが、進安の知らせで夫の黄善が駆けつけ、なんとか命をとりとめた。

黄善は包拯のもとに訴え出るが、包拯が進安に事情聴取しても、犯人の人相さえわからない始末。そこで包拯は一計を案じ、部下に瓊娘の血で染まった短衫《たんさん》（肌着）を着せた者を率いさせ、「今朝、林で三人組の強盗に襲われ、その首領を殺した。この男を知っている者はいないか」と、町中にふれ回らせた。

これを聞きつけたワルの張の妻が、慌《あわ》てて夫ではないかと名乗り出たため、包拯の部下は張家の前で張り込んだ。待つことしばし、張がのこのこ帰って来たので、身体検査をしたところ、案の定、瓊娘から奪い取った金品が出てきた。かくして、張は包拯の前に引き出され、仲間の二人ともども斬刑に処せられて、事件は一件落着した。

犯人を殺害された被害者に仕立てて、身内の者をあぶりだし、当の犯人の素性を突き止めるという、名裁判官包拯がとった詐術的手法は、先行する『棠陰比事』の二話をそっくりなぞったものにほかならない。

ただ、濃霧のなかに血は飛び散るわ、ベットリ血のついた短衫を小道具に使うわと、先行作品の牧歌性はどこへやら、この「血衫　街に叫ぶこと」の物語展開は、格段にグロテスクで刺激がつよくなっている。古き革袋に新しい酒を。明末白話短編小説の作り手たちは、こうして腕によりをかけて、次々に先行作品を換骨奪胎し、「現代」向けに作り変えることに、意欲を燃やしたのだった。

第三十二話

和尚の冤罪(上)

伝統中国社会は儒教一色に塗りつぶされ、女性もまた「二夫にまみえず」といった貞女倫理に、がんじがらめに縛りあげられているかに見える。しかし、明末に編纂《へんさん》された白話短編小説集「三言」や『包公案』の物語世界に登場する女性像は、そうした先入観とはずいぶん様相を異にする。ここには、再婚はむろんのこと、時と場合によっては不倫・駆け落ちも辞さない女性がゾロゾロ登場する。ただ、こうした過激な逸脱行為は当然のことながらリスクを伴う。『包公案』に収録された「仮僧《にせそう》を殺す」は、そんな女性の逸脱行為を契機とする、凶悪事件を描いた作品である。

北宋の首都開封《かいほう》に住む董《とう》長者は、手広く雑貨屋を営む資産家だった。一人息子の董《とう》順《じゅん》は、開封の茶舗、楊《よう》家の娘と結婚している。楊氏は美人で、董順の両親ともうまくいっているが、妙になまめかしく危険な雰囲気があった。かてて加えて、董順が商売柄、

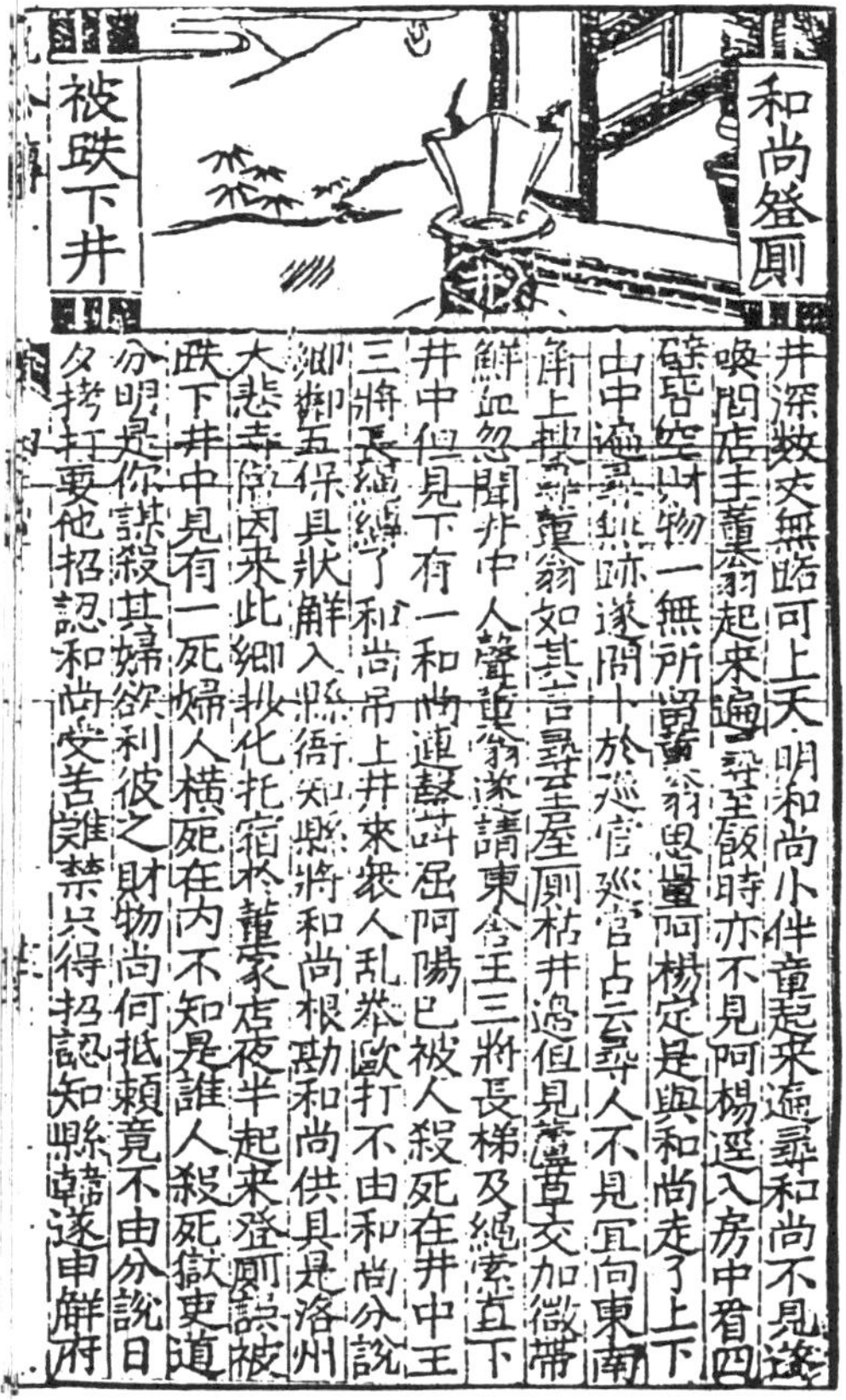

井深数丈無路可上天明和尚小伴童起来遍尋和尚不見遂喚問店主董翁起来遍尋至飯時亦不見阿楊遂入房中看四壁皆空財物一無所留董翁思量阿楊定是與和尚走了上下山中遍尋無跡遂問卜於巡官巡官占云尋人不見宜向東南角上探尋董翁知其言尋至屋厠枯井邊但見草蓋交加微帶鮮血忽聞井中人聲董翁遂請東鄰王三將長梯及絕索直下井中但見下有一和尚連聲叫屈阿楊已被人殺死在井中王三將索綁了和尚吊上井来衆人乱拳歐打不由和尚分説迎鄉五保具状解入縣衙知縣將和尚根勘和尚供具是洛州大悲寺僧因来此鄉抄化托宿於董家店夜半起来登厠誤被跌下井中見有一死婦人横死在内不知是誰人殺死獄吏道分明是你謀殺其婦欲利彼之財物尚何抵頼竟不由分説日夕拷打要他招認和尚受苦難禁只得招認知縣韓遂申解府

道隆和尚が井戸に落ちた場面（『百家公案』）

楊氏殺しを認めてしまったが……

留守がちだったため、楊氏はいつしか店に出入りする船頭の孫寛《そんかん》と深い仲になってしまう。

そんなある日、孫寛は楊氏に、董家から金目の物をごっそり持ち出し、二人で遠くへ逃げようと駆け落ち話をもちかける。約束の日、楊氏は言われたとおり、金銀を詰め込んだ風呂敷《ふろしき》包みを作り、孫寛の訪れを待った。

家の者が寝静まったころ、孫寛がこっそり表戸を叩《たた》く音がしたので、楊氏は風呂敷包みを抱えて表へ出た。しかし、あいにく雪模様の悪天候で道がぬかるみ、纏足《てんそく》の楊氏はとても歩けない。これでは無理だから、また日を改めて駆け落ちすることにしようと、相談がまとまった瞬間、もともとタチのよくない孫寛はむらむらと悪心を起こす。なんと孫寛は楊氏が持ち出した金銀に目がくらみ、隠し持っていた刀でいきなり楊氏に斬《き》りかかり、その死骸《しがい》を董家の古井戸に投げ込むや、風呂敷包みを持ってトンズラしてしまったのだ。

実はこの夜、董家には客がいた。はるか洛州《らく》（甘粛省）の大悲寺《だいひじ》から都へやって来た道隆《どうりゅう》という和尚が、一夜の宿を借りていたのである。この道隆が夜中に手洗いに立ち、勝手がわからずウロウロするうち、くだんの古井戸に、まっさかさまに落ちたものだから、話がややこしくなる。

翌朝、楊氏と道隆和尚の姿が見えず、また金目の物がごっそりなくなっているため、董家は大騒ぎになる。てっきり二人で駆け落ちしたのだろうと、手分けして探すうち、古井戸の側に血痕《けっこん》が発見され、しかも古井戸の底から和尚の声がする。身軽な者がはしごや縄をつたって井戸の底に降りてみると、そこには血だらけの楊氏の死骸があり、横で和尚がギャーギャー叫びつづけているではないか。

議論の余地なし、和尚が楊氏を殺したと思い込んだ董家の人々は、気絶するほど和尚を殴ったあげく、役所に突き出した。たちまち和尚はこっぴどく拷問され、あまりの辛さに、とうとうやってもいない楊氏殺しを認めてしまった。さて、和尚の冤罪は晴らされるのかどうか――。

第三十三話

和尚の冤罪（下）

さて、『包公案』所収の「仮僧《にせそう》を殺す」をとりあげ、開封《かいほう》の富裕な商家、董《とう》家の若妻楊《よう》氏が不倫相手の船頭孫寛《そんかん》に殺され、古井戸に投げ込まれた顚末《てんまつ》を述べた。楊氏殺害の犯人として逮捕されたのは、その夜、董家に投宿、誤って古井戸に落ちた道隆《どうりゅう》和尚だった。県の役所で拷問された和尚は、苦しまぎれにやってもいない楊氏殺しを認めてしまう。

しかし、県知事から報告を受けた開封府の長官包拯《ほうじょう》は、どうにも納得がゆかず、自ら道隆和尚を尋問した結果、その無実を確信するに至る。道隆は開封から七百里以上離れた洛州（甘粛省）の和尚であり、開封に到着してすぐ、一夜の宿を借りた董家の若妻楊氏と、電光石火、駆け落ちする仲になることはありえないというのが、その結論だった。

包拯は道隆和尚を獄中にとどめ置いたうえで、真犯人をあぶりだすべく一計を案じた。まず死刑の確定した囚人の頭をツルツルに剃り、和尚に仕立ててから、市中を引き回し、

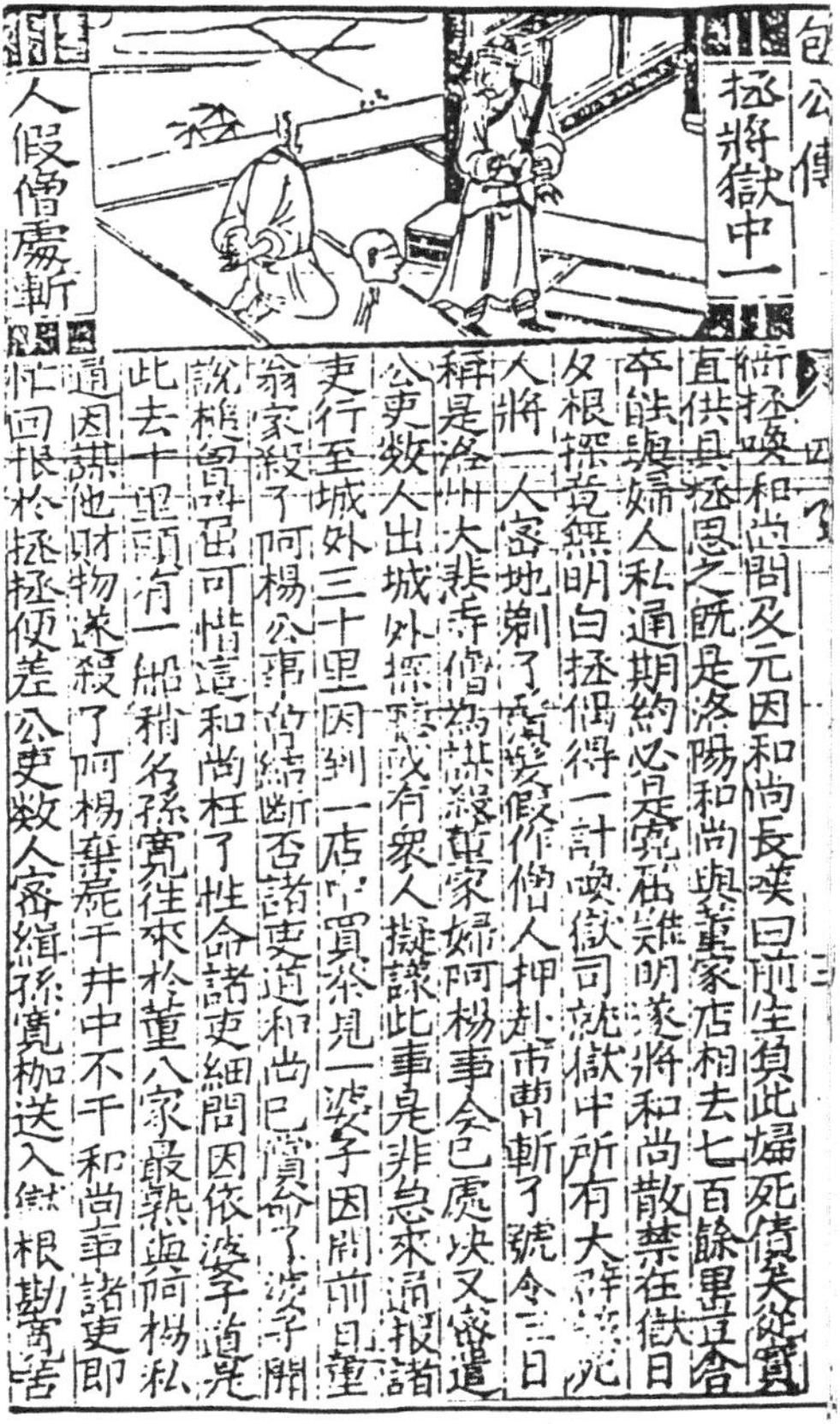

衙拯喚和尚問及元因和尚長嘆曰前生負此婦死債矣從實直供具拯思之既是洛陽和尚與董家店相去七百餘里豈會卒能與婦人私通期約必是冤枉難明遂將和尚散禁在獄日夕根探竟無明白拯偶得一計喚獄司就獄中所有大辟該死人將一人密地剃了頭髮假作僧人押赴市曹斬了號令三日稱是洛州大悲寺僧為謀殺董家婦阿楊事今已處決又密遣公吏數人出城外探聽或有衆人擬議此事是非急來通報諸吏行至城外三十里因到一店中買茶見一婆子因問前日董翁家殺了阿楊公事曾結斷否諸吏道和尚已償命了婆子開說枉屈可惜這和尚枉了性命諸吏細問因依婆子道是此去十里頭有一船稍名孫寬往來於董八家最熟與阿楊私通因謀他財物迷殺了阿楊棄屍于井中不干和尚事諸吏即忙回報於拯拯便差公吏數人密緝孫寬枷送入獄根勘審語

和尚に仕立てられた囚人が処刑された場面
（『百家公案』）

罠にはまり真犯人が自白

処刑場で斬首《ざんしゅ》の刑に処す。そのあと、楊氏殺しの犯人道隆和尚はすでに処刑されたと、町中にうわさをばらまき、部下に命じて人々の反応を探らせるというものだった。果たせるかな、随所で聞き込みをつづけた部下の一人が、耳寄りの情報をつかんで来る。城外で茶店を営む老女がこの部下に向かって、「和尚さまは無罪です。船頭の孫寛が前から楊氏と親密だったから、お金に目がくらんで殺したに相違ありません」と、泣きながら訴えたのだ。

包拯はただちに孫寛を逮捕し、下役に命じて徹底的に尋問させるが、しぶとい孫寛は白状しない。そこで、包拯は孫寛を白洲《しらす》に引き出し、にこやかに笑いながら言った。「死刑になるのは一人で十分だ。すでに和尚が処刑されているのだから、董家から紛失した四百両余りが、もしおまえの手元にあるなら、それを返せ。そうすれば無罪放免にしてやる」。

これを真に受けた孫寛は、いつぞや董家から四百両余りを預かったことがあるなどと、口から出まかせを言いながら、奪った金銀の隠し場所をポロリと白状してしまう。これが動かぬ証拠となり、楊氏殺しの真犯人孫寛は死刑に処せられ、古井戸に落ちたドジな道隆和尚の冤罪はめでたく晴らされたのだった。

この話は、まずドジな道隆和尚がまちがって殺人犯に仕立てられ、ついで、包拯が死刑囚を和尚に仕立てて処刑し、真犯人の孫寛を罠《わな》にかけて、自白に追い込むという、なかなか手の込んだ筋立てになっている。こうして二重の錯誤・とりちがえを、巧妙に操作しているところが、この話のミソだといえよう。

この話は、明の万暦《ばんれき》年間（一五七三―一六二〇）に刊行された、『包公案』の祖型ともいうべき、包拯説話集『百家公案《ひゃっかこうあん》』にすでに見え、ここにあげた図版も『百家公案』から採ったものである。

ちなみに、『百家公案』は全ページ絵入り、こうした話本小説（語り物をテキスト化したもの）に普遍的な、上段が挿絵、下段が文章というスタイルをとっている。

第三十四話

魔性の鯉（上）

『包公案』には、思い切り神秘な要素を加味した荒唐無稽《こうとうむけい》な話も少なくない。なかでも、「金鯉《きんり》」の物語は、中国式魔法ミステリーの最たるものといってよかろう。

ときは北宋。揚《よう》州出身の劉真《りゅうしん》は努力のかいあって、科挙の予備試験に合格、中央試験に臨むべく首都開封《かいほう》に向かった。しかし、貧乏で旅費が足りないため、途中で手間取り、やっと開封に到着したときには、すでに試験は終わっていた。こうなっては次回の中央試験をめざすしかない。覚悟した劉真は開元寺なる寺院に寄宿し、勉強をつづけた。

それはさておき、開封郊外に碧油潭《へきゆたん》という底知れぬ深い淵があった。ここに千年を経た金糸鯉《きんしこい》が棲息《せいそく》し、美女に化けては旅人をだましていた。一月十五日（上元節《じょうげんせつ》。町中に提灯山《ちょうちんやま》が飾られる祝祭の日）、金糸鯉は例によって美女に変身し、提灯山を見物するうち、碧油潭に帰るのがめんどうになった。そこで、たまたま行き当たった金丞相《きんじょうしょう》の屋敷に忍び込み、裏庭の池に身を潜めた。この池はなかなか居心地がよく、金糸鯉はつい長逗留《ながとうりゅう》し

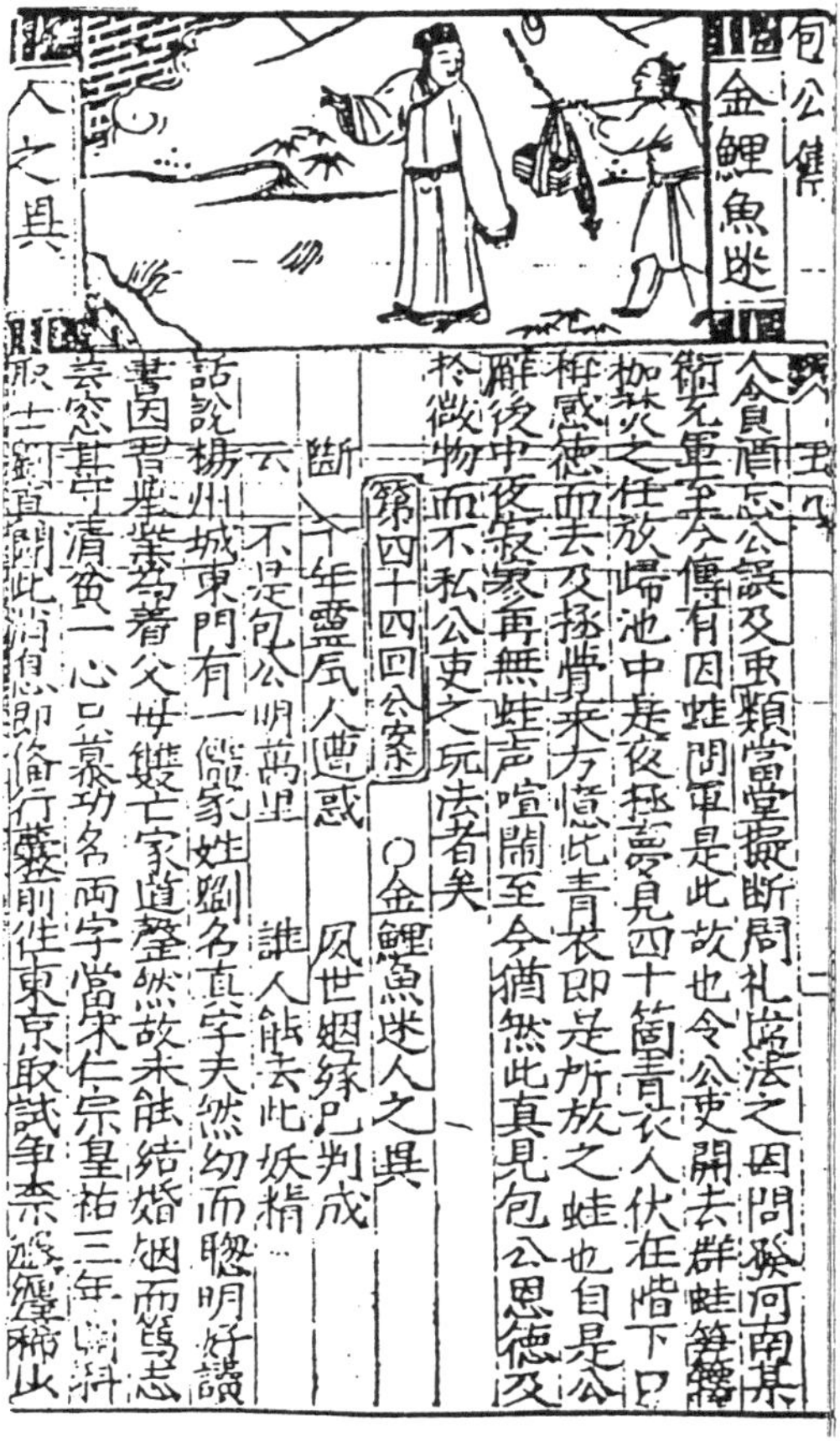

科挙試験に向かう劉真（『百家公案』）

美女に変身、恋の逃避行へ

てしまう。

そんなある日、金丞相の美貌《びぼう》の令嬢、金線小姐《きんせんシャオチエ》が侍女とともに池中の楼閣にやって来て、池のほとりに咲く牡丹《ぼたん》の花を愛《め》でながら、酒を飲んだ。そのときちょうど、金糸鯉が水面に浮かび上がり、口をパクパクさせたので、金線小姐は笑いながら、ポタポタ酒を落として飲ませてやった。以来、金糸鯉が毎晩、牡丹に息を吹きかけると、牡丹はますます色鮮やかになり、牡丹の好きな金線小姐は足しげく池中の楼閣を訪れたのだった。

かたや、開元寺に寄宿していた劉真はわずかの蓄えも底をついたため、腕に覚えのある書をかき、城内の高級官僚の屋敷をたずねて売り歩いた。そのうち、金丞相が劉真の書を見て、いたく気に入り、書記兼息子の家庭教師として屋敷に住み込ませてくれたおかげで、劉真は安定した生活が送れるようになった。

そんな劉真が恋をした。相手はむろん金線小姐である。しかし、無位無官、無一文の劉真にとって小姐は高嶺《たかね》の花。科挙合格の暁には求婚しようと、見果てぬ夢をみるしかなかった。ところが、ある夜、劉真が勉強していると、ふいに戸を叩《たた》く音がする。なんと金線小姐が自分から会いに来てくれたのだ。この夜を境に、毎晩、小姐は酒やごちそうをたずさえて、劉真のもとに通って来るようになる。

こうしてしのび逢《あ》う日がしばらくつづいたある夜、金線小姐は「いつまでもこんなことはしていられません。両親や侍女に知れたら大変です」と言い、旅費は工面するから、二人で劉真の故郷揚《よう》州に駆け落ちしようと言いだす。小姐の情熱に圧倒され、劉真は駆け落ちのための船を予約するなど手筈《てはず》をととのえ、二人はついに揚州めざして出発した。

この駆け落ち話にはどうも腑《ふ》に落ちないところがある。そう、この金線小姐はかの魔性の鯉の変化《へんげ》なのである。この珍奇な恋の逃避行の結末やいかに――。

第三十五話　魔性の鯉（下）

前話で、『包公案』所収の「金鯉《きんり》」をとりあげ、科挙受験をめざす劉真《りゅうしん》が、寄寓《きぐう》先の金丞相の令嬢金線小姐《きんせんシャオチエ》と恋に落ち、劉真の故郷揚《よう》州に駆け落ちした顛末《てんまつ》を述べた。実は、この金線小姐が、金家の池に棲《す》む千年を経た金糸《きんし》鯉《こい》の変化《へんげ》だったことから、話が複雑になる。

劉真と「金線小姐」が逃げたあと、金丞相の屋敷では、金糸鯉の魔力でつややかに咲いていた牡丹が、日に日に枯れはじめ、牡丹好きの金線小姐は落胆のあまり、病床に伏すようになった。牡丹の花を見ればよくなると、小姐が言うので、金丞相夫妻は使用人を、牡丹の名産地揚州に派遣する。

揚州に到着した使用人は牡丹を探し求めるうち、とびきり美しい牡丹のある劉真の家に行き当たる。ふと見れば、そこにいるのはなんと金線小姐ではないか。仰天した使用人が劉真に問いただしたところ、「小姐は半年前から、ここで私といっしょに住んでい

化けの皮がはがれ能天気な結末

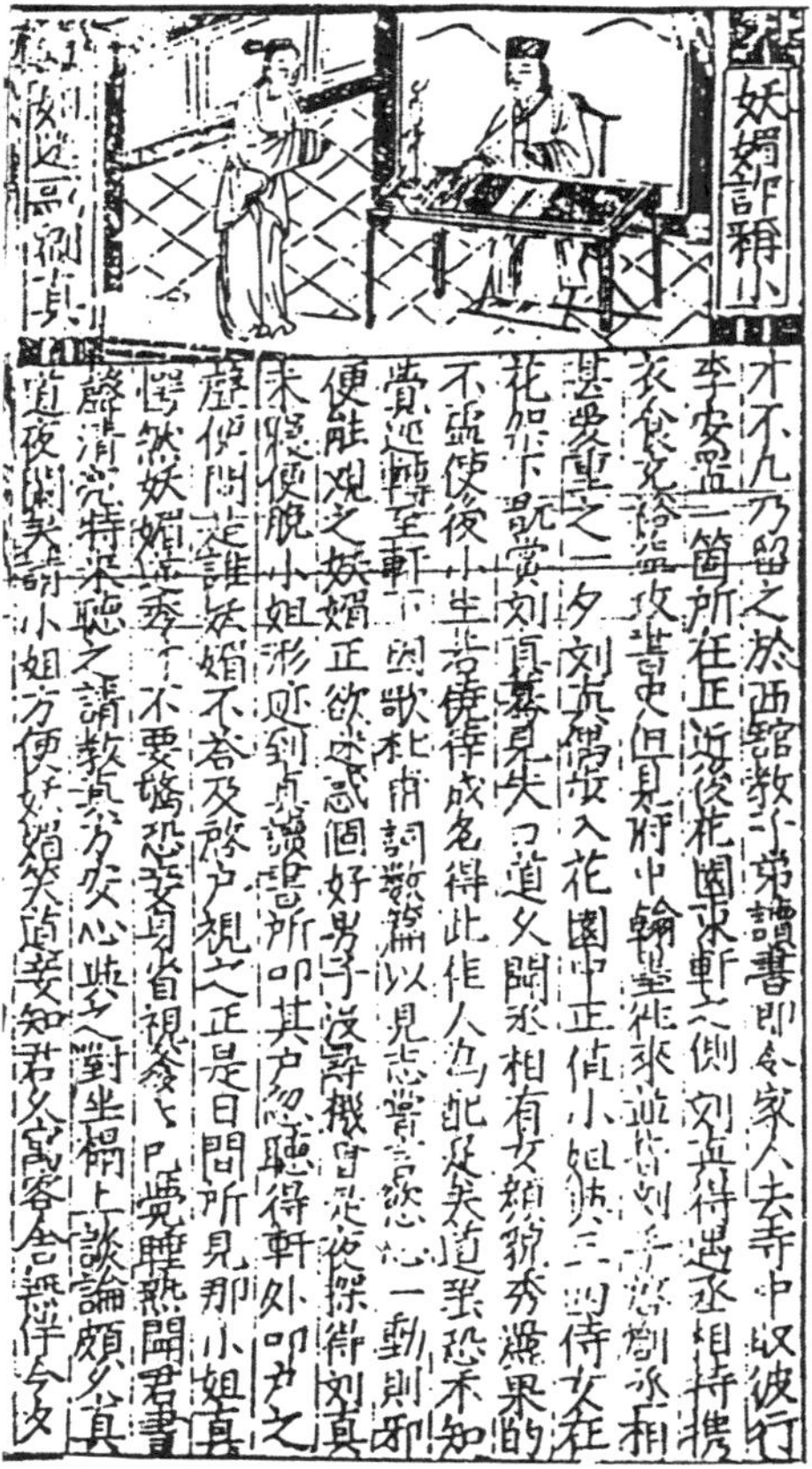
才不凡乃留之於西館教二弟讀書即令家人去寺中収彼行
李安置一箇所在正近後花園東軒之側劉真得遇丞相持携
衣食充給盡攻書史但見府中翰墨往來遊戯劉眞與丞相
甚愛重之一夕劉眞偶步入花園中正値小姐侍二四侍女在
花架下翫賞劉眞潜身失口道久聞丞相有女頗獲秀潔果的
不虛使後小生若得成名得此佳人爲配足矣道罷恐不知
貴逃歸至軒下因歌杜甫詞數篇以見志意言欲心一動則邪
便能現之妖媚正欲逃尋個好男子沒奈何機會從此探衛劉眞
未獲便脫小姐形延到眞之所叩其戶劉眞聽得軒外叩戶之
聲便問是誰妖媚不答及啓戶視之正是日間所見那小姐眞
愕然妖媚微笑不要驚恐妾身省視爹爹覺睡熟聞君書
聲清亮特來聽之請教眞方安心遂迎之對坐榻上談論頗久眞
道夜闌矣請小姐方便妖媚笑道妾知君久寂寞今特伴今夜

金線小姐に化けた金糸鯉が劉真のもとを訪れる場面
（『百家公案』）

る」と言う。使用人は半信半疑のまま、急いで開封にとって返した。金丞相は、「うちの娘はここで病床に伏している。揚州にいるはずがない」と言うや、ただちに部下を揚州に派遣し、劉真と「金線小姐」を開封に連行させた。

しかし、どうしても「金線小姐」のバケの皮をはぐことができず、持て余した金丞相は、とうとう名裁判官包拯《ほうじょう》のもとに訴え出た。包拯が劉真及び二人の金線小姐を白洲《しらす》に呼び出したところ、なるほどウリふたつだ。そこで、包拯が最後の手段に、ありとあらゆる妖怪《ようかい》の真の姿を映し出す「破魔鏡《はまきょう》」をとりだすや、金糸鯉の化けた「金線小姐」は口からモクモクと黒い煙を吐き出し、たちまちあたりは真っ暗になる。煙が晴れたあと、見れば二人の金線小姐の姿は忽然《こつぜん》と消えていた。名裁判官包拯に「破魔鏡」を持たせ、人間世界のみならず妖怪世界まで仕切らせるとは、なんとも華々しい魔法ミステリーではある。

それはさておき、この話には実は下敷きがある。唐代伝奇小説の「離魂記《りこんき》」（陳元祐《ちんげんゆう》作）がこれに当たる。恋する少女の魂が肉体から遊離し、恋人のあとを追いともに暮らしたあと、親元で病床に伏していた肉体と、めでたく合体するというものだ。「金鯉」に登場する二人の金線小姐（ホンモノと鯉のバケモノ）は明らかに、この人口に膾炙《かいしゃ》する分身譚のパロディーにほかならない。哀切な恋する少女の離魂と分身の物語を、おどろおどろしい鯉のバケモノの変身譚に作りかえるとは、『包公案』の作者の戯作者《げさくしゃ》気質《かたぎ》もなかなかどうして、堂に入ったものだというべきであろう。

ちなみに、「金鯉」の物語展開は、金糸鯉が黒煙とともに白洲から消えたあと、さらに荒唐無稽の度を加え、金糸鯉は魔界の果てまで逃げたあげく、「魚籃観音《ぎょらんかんのん》」の霊力によって捕らえられ一巻の終わりになったとする。一方、鯉のバケモノに引きずりまわされたホンモノの金線小姐は、仮死状態で救出され、その後、めでたく劉真と結ばれて幸せな生涯を送ったという。魔性の鯉だって劉真には誠心誠意尽くし、ほんとうに恋していただろうに、妖怪の恋がいつも邪恋視されるのは問題だと、文句の一つも言いたくなる能天気な結末ではある。

第三十六話

二度死んだ女（上）

『包公案』には、幽霊や妖怪変化《ようかいへんげ》が登場する超現実的な話も珍しくない。そのうち、「紅牙球《ホンヤーチュー》」はいっぷう変わった趣向の、面白い物語である。

北宋の首都開封《かいほう》の富豪、潘《はん》長者の一人息子潘秀《はんしゅう》（二十歳）は端麗な風貌《ふうぼう》の持ち主だった。清明節《せいめいせつ》（陽暦の四月五、六日ころ。墓参などを行う）の日、両親が墓参に出かけたあと、潘秀は、紅牙球（玉突き用の象牙《ぞうげ》の球）を持ち出し、門の外で暇つぶしをしていた。そのとき、向かいの劉《りゅう》家の門に垂らされた簾《すだれ》の下から、チラッと紅いスカートのすそと先の尖った小さな弓鞋《ゴンシエ》（纏足《てんそく》用のくつ）が動くのが見えた。潘秀はたちまちポーッとなり、弓鞋の主の顔が見たくてたまらなくなる。

このとき、潘家の居候が通りかかり、知恵をつけられた潘秀は紅牙球を投げ、これを追うふりをして門の簾を掲げ、なかに踏み込んだ。そこにいたのは劉家の令嬢劉花羞《りゅうかしゅう》。年は十六、絶世の美少女だ。端麗な潘秀を見た瞬間、花羞はたちまち心を引かれ、「今

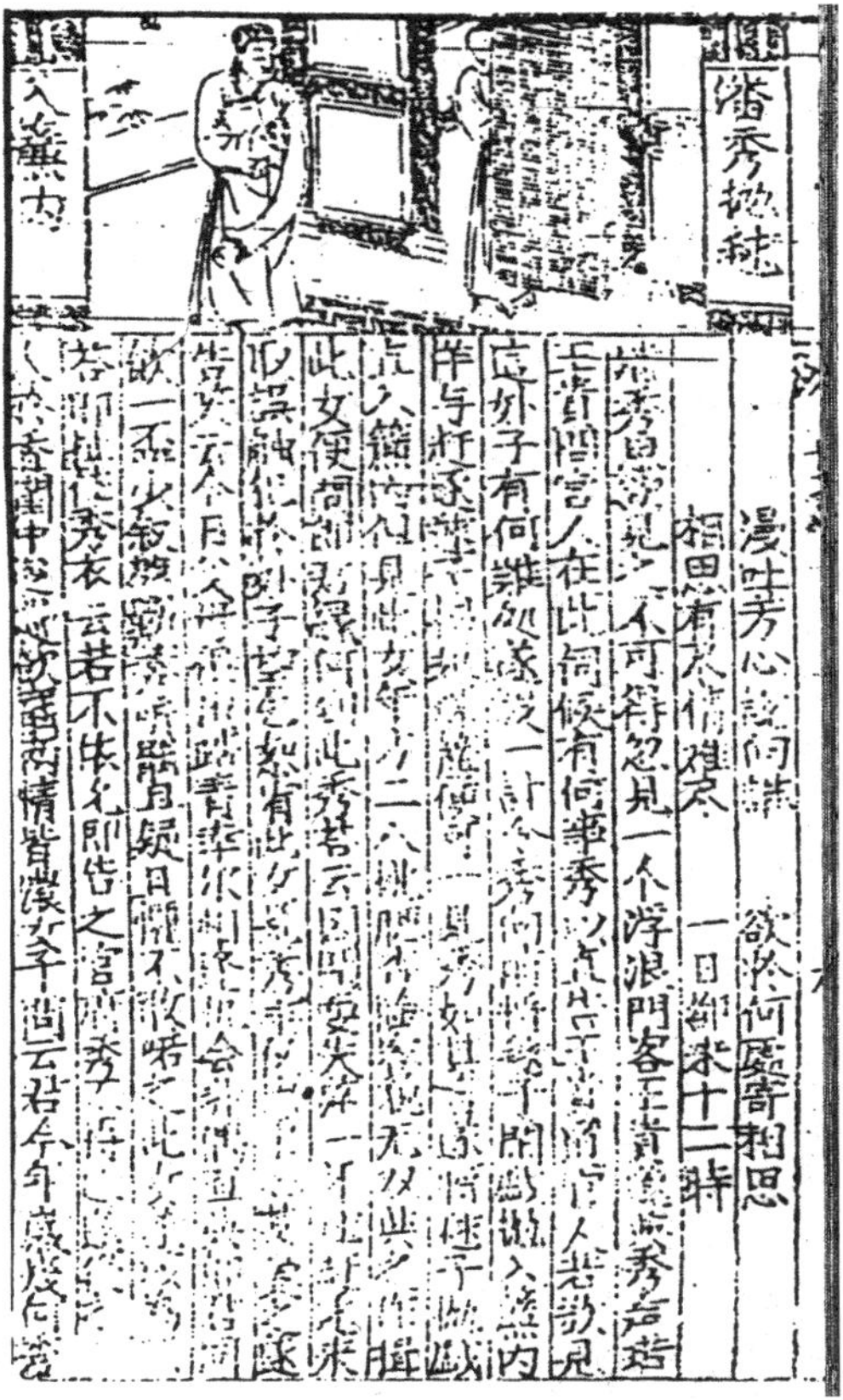

潘秀と花羞が出会う場面（『百家公案』）

絶世の美少女の運命は……

日は清明節で両親はいませんから、奥でお酒を飲みましょう」と潘秀を誘う。花も恥じらう美少女にしては、ずいぶん大胆なやり方ではある。

潘秀に否やのあろうはずもなく、奥で酒を酌《く》みかわし、よもやま話をするうち、すっかり意気投合した二人は、そのままあっけなく結ばれてしまう。中国古典小説に描かれる恋は、現代から見ると異様だが、こうして出合いがしらに結ばれるケースが圧倒的に多い。

きっと結婚しようと堅く約束を交わし、その場は別れたものの、以来、潘秀は恋煩いにかかり、日に日に衰えるばかり。不審を抱いた両親に詰問され、潘秀が事の次第を告げると、両親はそれなら求婚するしかないと、仲人を立てて正式に劉家に縁組を申し入れた。ところが、事情を知らない劉家では一人娘なので嫁には出せない、養子に来てもらいたいとのこと。潘秀も一人息子だから、この条件はのめないと両親にこんこんと諭され、潘秀も花羞への思いを断ち切らざるをえなかった。

花羞と会う機会もないまま、潘秀はやがて両親の勧める別の相手と結婚することになる。婚礼の当日、銅鑼《どら》や太鼓の音を聞き、潘秀が別の相手と結婚することを知った花羞は、ショックで息がつまり頓死《とんし》してしまう。花羞の両親は悲嘆にくれながら、下僕の王《おう》温《おん》と李辛《りしん》に柩《ひつぎ》を運ばせ、花羞の亡骸《なきがら》を墓地に埋葬させた。

埋葬にあたった下僕の李辛は帰宅したものの、花羞の死に顔の凄艶な美しさが目に散らつき、居ても立ってもいられない。そこで、李辛は墓地にもどって墓を掘り返し、花羞の亡骸に添い寝する仕儀におよんだ。しばらくそうしていると、あら不思議、なんと花羞はパッチリ目を開き、蘇生《そせい》した。花羞は李辛に向かって、潘秀に裏切られたいきさつを語り、「もう家には帰りたくない。おまえのおかげで生き返れたのだから、おまえと夫婦になりたい」と告げる。李辛はむろん大喜びして、さっそく花羞を自宅に連れ帰ったのだった。

死んだはずの美少女花羞はめでたく蘇生したが、事はこれですまなかった。その後の彼女の運命やいかに――。

第三十七話

二度死んだ女（下）

前話で『包公案』所収の「紅牙球《ホンヤーチュー》」をとりあげ、劉花羞《りゅうかしゅう》なる美少女が、向かいに住む富豪の一人息子潘秀《はんしゅう》と恋に落ちたものの、両家の事情で結婚に至らず、潘秀が別の相手と結婚したショックで死んだ顚末《てんまつ》を述べた。

さて、花羞の死に顔の美しさに魅せられた劉家の下僕李辛《りしん》は、墓をあばき彼女の亡骸《なきがら》に添い寝したところ、たちまち花羞は蘇生し、こうなったらいっそ李辛の妻になりたいと言う。李辛は大喜びして彼女を家に連れ帰り、なじみの遊女が足を洗い頼って来たのだと、同居中の母を納得させ、二人は夫婦となった。

夫婦は相談のうえ、花羞の柩に収められていた高価な衣類や装身具をこっそり売り払って、生活資金も潤沢となり、しばし仲むつまじく暮らした。かくして半年。どこまで不運なのか、ある夜、隣家から出火し、李辛の家も火に包まれたため、花羞は身一つで逃げる途中、李辛とはぐれてしまった。

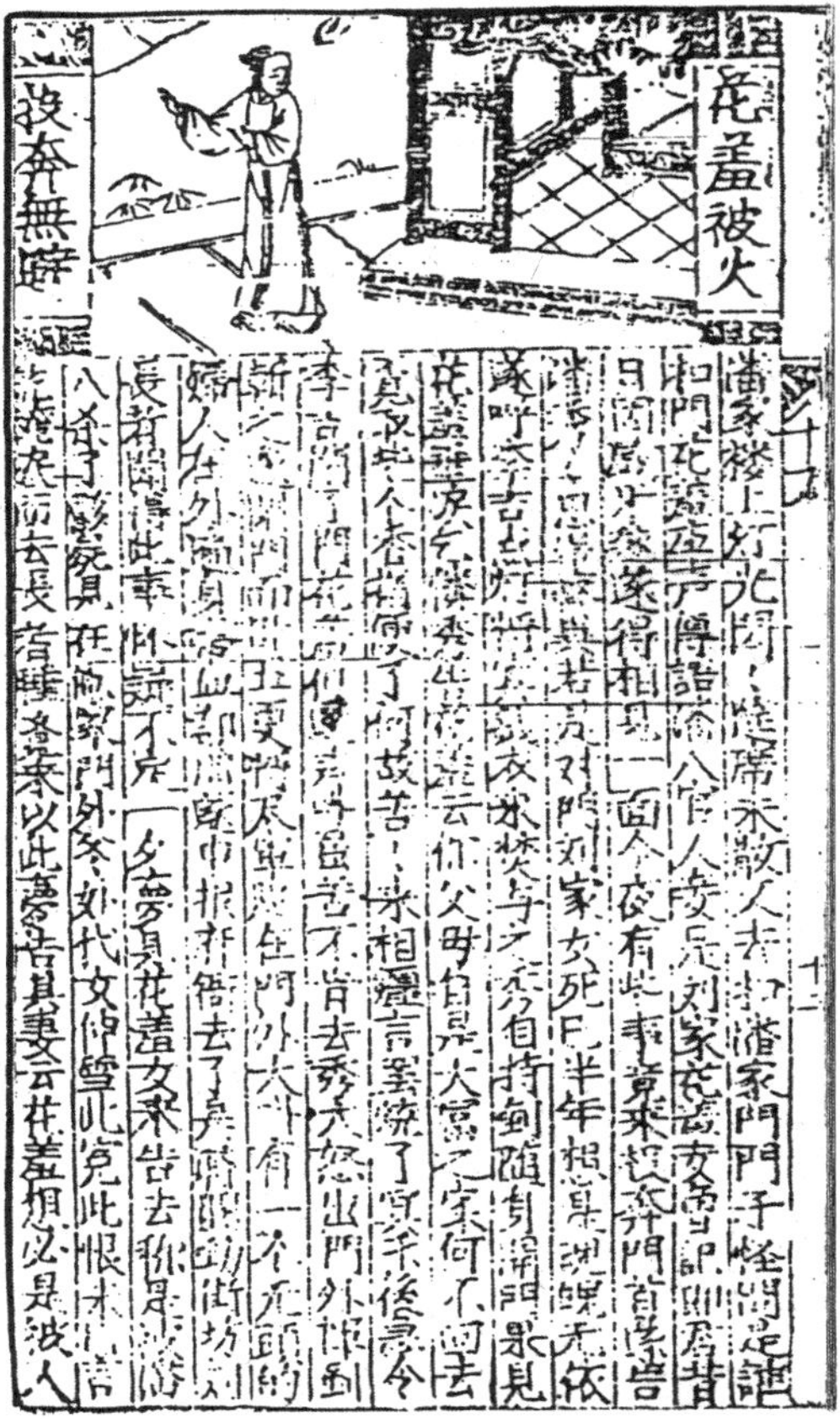

花羞が火事にあう場面（『百家公案』）

墓あばきの犯人が名乗り

やみくもに町をさまよううち、ひょっこり実家の前に出たので、花羞は勇をふるって門を叩《たた》いた。しかし、門番は「お嬢様は半年前に亡くなった。おまえは幽霊だろう」と言い、門を開けてくれない。途方にくれた花羞は今度は向かいの潘家の門を叩き、「私は劉花羞です。潘秀さんを呼んで」と懇願する。

門番から知らせを受けた潘秀はてっきり花羞の幽霊だと思い、刀を手に門を開けたところ、果たせるかな、そこに涙で顔を濡《ぬ》らした花羞が立っている。やっぱり幽霊だ。震えあがった潘秀は、門番に紙銭《しせん》（金紙や銀紙で作った銭。神仏や死者を祭るときに焼く）を焼かせ、急いで門を閉じたが、花羞は「裏切り者。なんてひどい人なの」と絶叫してやまない。カッとした潘秀は門を開けて表へ飛び出し、いきなり刀をふるって、花羞の幽霊（と潘秀は思い込んでいる）を斬《き》り殺した。

翌朝、潘家の前に血まみれの女の死体が転がっているのを見て、町中、大騒ぎになる。花羞の父が不審を深めていると、その夜、夢枕に花羞が立ち、潘秀に斬殺《ざんさつ》されたと訴えた。花羞の墓を開いてみると、案の定、柩のなかはもぬけの殻。さては、潘秀が墓をあばき花羞を蘇生させてから、斬殺したに相違ない。頭にきた花羞の父は、ただちに潘秀を花羞殺しの犯人として告発した。訴状を受け取った包拯《ほうじょう》はさっそく潘秀を逮捕し拷問にかけたが、潘秀は花羞の幽霊を殺したことだけは認めたものの、墓あばきの一件は頑として認めない。

手を焼いた包拯は、花羞を蘇生させた者に賞金を与えると立て札を掲げたところ、なんと欲につられた李辛が名乗り出て来た。かくして、李辛は墓あばきの罪で斬刑に処せられ（当時、墓あばきは死罪に相当）、潘秀は無罪放免となったが、これが原因で患い、まもなく死んだ。花羞の祟《たた》りであろう。

この話は、見てのとおり、幽霊だと思った者が、実は生きた人間だったというところがミソである。この話に先だち、生きた人間だと思っていたものが実は幽霊だったという、人口に膾炙《かいしゃ》する有名な話（「碾玉観音《てんぎょくかんのん》」）がある。「紅牙球」の物語はこれを下敷きにし、発想を逆転させたものにほかならない。

第三十八話 恋の執念

さて、墓場から蘇生《そせい》した恋人を幽霊と思い、殺してしまった男の物語（「紅牙球《ホンヤーチュー》」。『包公案』収）を紹介したが、この話には実は下敷きがある。南宋以来、語り物の世界で伝承されて来た、「碾玉観音《てんぎょくかんのん》」という話である。ちなみに、この話は、「崔待詔《さいたいしょう》、生死の冤家《つま》」というタイトルで『警世通言』（巻八）にも収められている。

南宋の紹興《しょうこう》年間（一一三一―一一六二）、首都杭《こう》州（浙江省《せっこう》）にある咸安郡王《かんあんぐんおう》の屋敷に、秀秀《しゅうしゅう》という美貌《びぼう》の腰元がいた。そこに出現したのが若い玉細工師崔寧《さいねい》。秘蔵の玉に細工を施し、皇帝に献上しようとする郡王の命を受けて、崔寧はみごとな碾玉観音（玉を細工して作った観音像）を作りあげた、喜んだ郡王は、つい「秀秀の年季が明けたら、おまえの嫁にしてやる」と口走る。郡王は軽い気持ちで言ったのだろうが、若い二人は本気で受けとめ、以来、たがいに相手をつよく意識するようになる。

そんなある日、郡王邸から出火、秀秀はドサクサ紛れに大量の貴金属を持ち出すと、

郡王の部下が潭州で二人を発見する場面
（『警世通言』巻八）

げにも恐ろし…衝撃的な展開

たまたま出会った崔寧に、今すぐ夫婦になろうと迫り、委細かまわず駆け落ちしてしまう。

潭《たん》州（湖南省長沙市）まで逃げた二人は、まもなく玉細工の店を開き、楽しく暮らしはじめた矢先、郡王の部下にみつかり、杭州に連れもどされる。なにしろ、秀秀は主家からの逃亡と貴金属持ち逃げという二つの大罪を犯しており、崔寧はその共犯である。このため、杭州到着後、崔寧は役所に突き出され、秀秀は郡王邸でお仕置きを受けることになる。

崔寧は情状酌量されて、建康《けんこう》（江蘇省南京市）に流刑処分となるが、かの地へ向かう途中、秀秀が追いかけて来る。彼女が言うには、郡王に折檻《せっかん》されたあげく、屋敷から追い出されたとのこと。まずはめでたく再会した二人は建康に到着後、またまた玉細工の店を開く。

そうこうするうち、崔寧に運が向いてくる。かつて郡王が皇帝に献上した碾玉観音が破損したため、制作者の崔寧に修理せよと勅命が下ったのである。この大任を果たしたあと、崔寧は宮中御用達となり、秀秀ともども晴れて杭州にもどり、玉細工の店をもつ。そんなある日、郡王の部下が店番をする秀秀の姿を見て、びっくり仰天、「幽霊が出ました」と、郡王にご注進におよぶ。実は、駆け落ち先の潭州から連れもどされた直後、秀秀は郡王に折檻され殺されていたのだった。

郡王に呼び出された秀秀は途中でかき消え、崔寧は無罪放免になったものの、ともに暮らしていた秀秀が実は幽霊だったことに衝撃を受け、呆然《ぼうぜん》とするばかり。そんな彼の前に、またも秀秀が出現し、幽霊であることが知れた以上、もう望みはなくなったと、ものすごい力でつかみかかり、哀れにも崔寧は息絶えてしまう。幽明境《さかい》を越えて崔寧を追いつづけた秀秀は、とうとう彼をあの世の果てまで引きずって行った。げにも恐ろしき恋の執念である。

生身の人間だと思ったヒロイン秀秀が、実は幽霊だった。この「碾玉観音」の衝撃的な物語展開は、後世の物語作者に深い影響を与えた。先にあげた「紅牙球」の、幽霊だと思ったヒロインが実は生きた人間だったとする物語展開は、凄惨《せいさん》な恋物語「碾玉観音」のパロディーとして、構想されたものだといえよう。

第三十九話　逆転判決（上）

明末の万暦《ばんれき》年間（一五七三―一六一五）は公案小説（事件小説）の黄金時代であり、『包公案』をはじめ多くの公案小説集が刊行された。通俗小説の編集・出版で有名な余象斗《よしょうと》が編纂《へんさん》した『廉明公案《れんめいこうあん》』もその一つである。ちなみに、廉明とは清廉潔白の意であり、清廉潔白にして頭脳明晰《ずのうめいせき》な裁判官が、複雑な事件の真相を究明するという筋立てが多い。この『廉明公案』の冒頭に、「楊評事《ようひょうじ》、片言もて獄《ごく》を折《さば》く」という話が収められている。

広東潮《ちょう》州府の掲陽《けいよう》県に住む商人の趙信《ちょうしん》と周義《しゅうぎ》は、それぞれ百両余りの資金を用意し、二人そろって南京《ナンキン》（江蘇省）まで布の買い付けに行く相談がまとまり、乗り込む船の予約もすませた。出発の当日、四更（午前一時から三時の間）ころ、早くも趙信がやって来て、一足さきに乗船した。夜明け前で人気《ひとけ》もないところに、大金をもった趙信が一人で来たため、船頭の張潮《ちょうちょう》はついムラムラと悪心を起こす。かくして張潮は、川の深いところまで船を動かし、身ぐるみ剝《は》いだうえで趙信を突き落とし、死んだことを確かめてか

航行する船（清・徐揚『姑蘇繁華図』より）

拷問され夫殺しを偽自白

ら、素知らぬ顔で船を岸にもどし、寝たふりをした。

しばらくすると、周義がやって来て、寝ている張潮を起こし乗船したが、待てど暮らせど相棒の趙信は来ない。しびれをきらした周義は張潮に、趙信の家まで行って呼んで来いと申しつけた。張潮は趙信の家につくや、門の外から「奥さん」と大声で呼んだ。趙信の妻の孫《そん》氏は、夫が夜明け前に出かけたあと、一眠りしていたため、呼ばれてもすぐには起きられず、しばらくしてからやっと門を開けた。孫氏は、張潮から夫がまだ船着き場に到着しないと聞き、びっくり仰天するばかり。

さあ、それからが大変だった。張潮の報告を受けた周義は孫氏と手分けして、四方八方さがしまわったが、趙信の行方は杳《よう》として知れない。三日後、このままでは自分が疑われると危機感を覚えた周義は、船頭の張潮、趙信の妻孫氏および趙信の隣人二人を証人に立て、県役所に趙信失踪の申し立てを行った。

これを受けた県知事の朱一明《しゅいつめい》は、さっそく関係者一同を出頭させ、順番にきびしく尋問した。すると、相棒の周義は「私のほうが裕福なのに趙信を殺すわけがありません」と言い、船頭の張潮は「夜明けころ、周義さんが私の船に一人で来たことは、船着き場に停泊していた他の船の船頭がみな見ております」と主張し、まったく動揺する気配がない。

しかし、隣家の二人が「出発の前夜、趙信さんと奥さんが喧嘩《けんか》する声がしましたし、翌朝、趙信さんが出かける姿も見ていません」などと証言したため、孫氏の立場が圧倒的に不利になる。身に覚えのない孫氏は無罪を叫ぶが、拷問にかけられるとひとたまりもなく、やってもいない夫殺しの罪を認めてしまう。

だいたい死体のありかもわからないのに、犯人を特定するとは、無謀というほかないが、なにしろこの朱一明なる県知事ははなはだいい加減であり、そこは適当にごまかして、孫氏を死刑に処する判決を下してしまう。この判決の逆転はなるか。孫氏の冤罪は晴らされるのだろうか――。

第四十話

逆転判決（下）

さて、『廉明公案《れんめいこうあん》』の「楊評事《ようひょうじ》、片言もて獄《ごく》を折《さば》く」をとりあげ、広東潮州《ちょう》府の商人趙信《ちょうしん》が友人の周義《しゅうぎ》ともども南京に商売に行くべく、夜明け前、一足さきに船に乗り込み、船頭の張潮《ちょうちょう》に身ぐるみ剥《は》がれて殺害された顚末《てんまつ》を述べた。その後、ボンクラの県知事朱《しゅ》一明《いつめい》はろくに調べもせず、趙信の妻孫《そん》氏を夫殺しの犯人と断定、死刑の判決を下したのだった。

翌年秋、朱一明は上部機関である首都の大理寺《だいりじ》（刑獄を司官庁）に死刑執行の許可を申請した。担当官の楊清《ようせい》は事件調書をめくっているうち、どうも変だと疑惑を抱く。楊清がひっかかったのは、事件調書の次のようなくだりだった。

すなわち、趙信がいつまでたっても姿を現さないことに、しびれを切らした周義は、趙信を迎えに行って来いと、船頭の張潮に命じた。趙信の家に到着した張潮が、門の外から「奥さん」と呼んだところ、しばらくしてようやく妻の孫氏が出て来た云々。

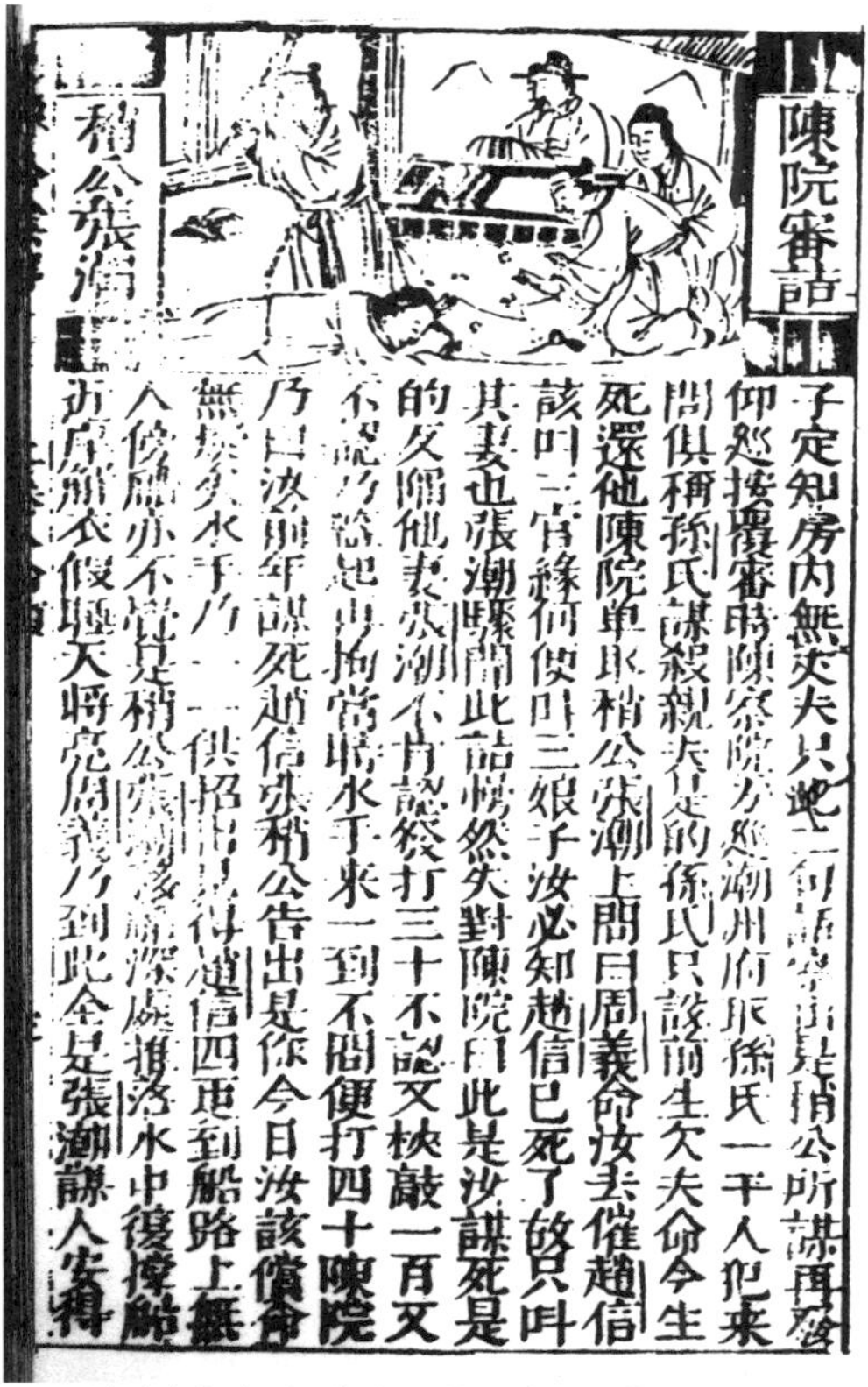

陳監察御史が張潮を尋問する場面（『廉明公案』）

無意識のミスが船頭の命取り

これはおかしい。趙信を呼びに行ったのなら、門外から直接「だんなさん」と、呼びかけるのが自然だ。それをことさら「奥さん」と呼びかけたところを見ると、船頭の張潮は、最初から家のなかに趙信がいないことを知っていたに相違ない。怪しいのは船頭の張潮だ。冴えた頭脳の持ち主の楊清は、ここまで推察すると、「再審理の要あり」とコメントを付け、この事件調書を監察御史《かんさつぎょし》（刑獄などを監督する官庁の長官）のもとにまわした。

ちょうど陳《ちん》という監察御史が広東潮州府に巡察に出向くところであり、潮州府に到着するや、ただちに関係者一同を集め、再審理を行った。犯人と目される孫氏が冤罪であることは、すぐ察しがついたが、船頭の張潮はしたたかであり、「なぜ、だんなさんと呼ばず、奥さんと呼んだのか」と、詰問しても頑強に黙秘し、拷問されても頑として自白しない。そこで、陳監察御史は一部始終を目撃していたとおぼしい、張潮の手下の水夫を召喚、その証言により、ようやく張潮を自白に追い込む。この結果、真犯人の張潮は死刑、ボンクラ県知事の朱一明は怠慢のかどで免職、孫氏は無罪放免となり、一件落着となった。

真犯人の船頭張潮は、被害者趙信の不在をあらかじめ知っていたため、その家を訪れたさい、「だんなさん」と呼びかけず、思わず「奥さん」と呼びかけてしまう。勘のいい楊評事は、張潮のこうした無意識の失錯行為に違和感をおぼえ、ここに的を絞って真犯人を割り出し、みごと孫氏の冤罪を晴らすに至る。

神秘的な道具立てをいっさい用いず、ひたすら犯人の深層心理に着目して展開されるこの話は、中国式ミステリーとしてはすこぶる異色のものである。ちなみに、『包公案』にも「三娘子《サンニャンツ》」と題して、これとほぼ同じ話が見える。ただし、ここでは事件に結末をつけた陳監察御史の役柄が、包拯《ほうじょう》に差し替えられている。このようにいくつかのヴァリエーションがあることから見て、この話が当時、いかに広く巷間《こうかん》に流布し人気を博していたか、うかがうことができる。

第四十一話　とりちがえ騒動記（上）

近代以前の中国では、結婚は家と家の結び付きにほかならず、花婿・花嫁は婚礼の当日、はじめて対面するのがふつうだった。たがいに相手の顔も知らないのだから、これは間違いが起こりやすい。『包公案』に収められた「借衣《しゃくい》」は、こうした結婚相手のとりちがえによって起こった事件を描いたものである（『廉明公案』にも類似する話がある）。

北宋の首都開封《かいほう》（河南省）の祥符《しょうふ》県に住む生員《せいいん》（科挙予備試験の合格者）沈良謨《しんりょうぼ》に、沈猷《しんゆう》という息子がいた。沈猷は頭脳明晰にして容姿端麗の好青年だったため、望まれて、進士（科挙合格者）の趙士俊《ちょうししゅん》の一人娘、阿嬌《あきょう》と婚約した。しかし、まもなく洪水に見舞われて、沈家は家財産をなくし、趙士俊は破談を申し入れようとするが、娘の阿嬌は頑として承知しない。母の田《でん》氏はそんな娘の気持ちをくんで、縁談を進めようとするが、素寒貧の沈家は結納金をおさめることもできない。

そんなある日、趙士俊が公務出張した隙《すき》に、田氏は沈家に召し使いをやり、結納用の

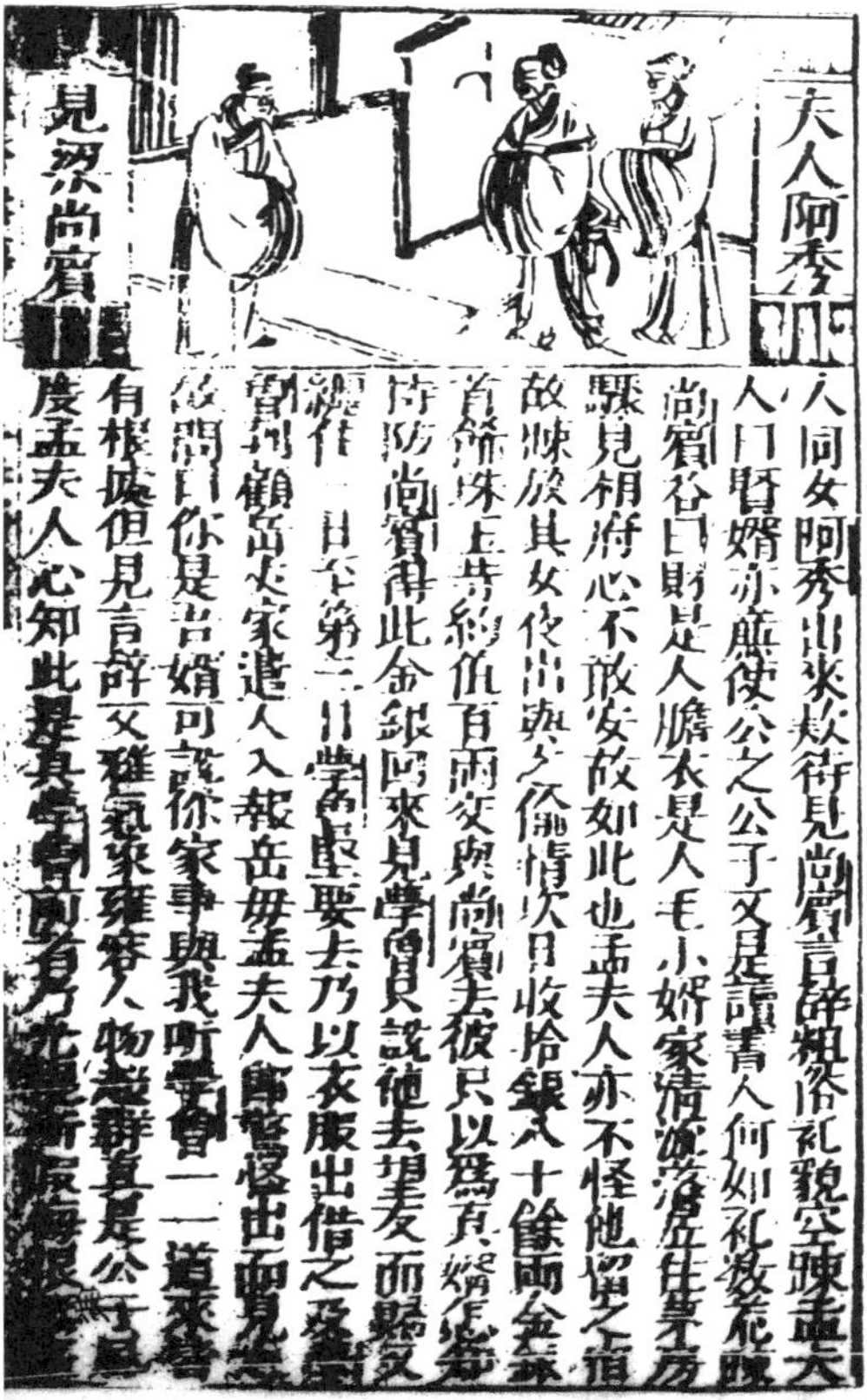

ニセ婚約者が登場する場面（『廉明公案』）

だまされて首をくった婚約者

銀を渡したいからおいで願いたいと伝えさせた。沈猷はむろん大喜びだったが、貧窮のどん底にあえぐ身で、着て行くものもない。そこで、姑母《おば》（父の姉妹）の家に行き、事情を話して表兄《いとこ》の王倍《おうばい》から新しい服を借りることにした。

ところが、この王倍は悪人であり、沈猷を足止めしたうえで、自分が沈猷になりすまし、趙家を訪れた。田氏は、粗野で下品な王倍を見て、どうも変だと思ったものの、「落ちぶれた身で、りっぱなお屋敷にうかがい緊張しているのです」などと言いくるめられ、それもそうかと納得してしまう。かくして、田氏はその夜、王倍を泊め、既成事実を作った方が夫の趙士俊を説得しやすいと、阿嬌と同衾《どうきん》させた。さらに念の入ったことに、翌朝、田氏は王倍に結納にするようにと、銀八十両余り及び百両相当の貴金属をわたしたのだった。

さて、素知らぬ顔で自宅にもどった王倍から、やっと新品の衣服を貸してもらった沈猷が、勇んで趙家を訪れると、大騒動になった。すっきりした風貌の沈猷を見た瞬間、田氏はニセモノにだまされたことを悟ったが後の祭り。当事者の阿嬌はもう取り返しがつかないと悲嘆にくれたあげく、首をくくって死んでしまう。

田氏にうながされ、ただちに趙家を辞去した沈猷は姑母のもとに立ち寄り、一部始終を告げた。息子王倍のしわざだと悟った姑母は、阿嬌に申しわけないと、これまた数日後、首をくくって死んだ。さらに、王倍には結婚して一か月にもならない、新妻の游氏《ゆう》がいたが、うすうす事情を知った游氏は王倍を罵《ののし》り、離縁を迫って、自ら家を出てしまう。こうして無頼漢の王倍のせいで、二人の女性が縊死《いし》、一人が離婚のやむなきに至ったのだった。

一方、出張からもどった趙士俊が田氏を問いただしたところ、田氏はニセモノにだまされたことを告白できず、「沈猷が来ましたが、とても落ちぶれたようすだったので、阿嬌はショックを受けて死んだのです」とウソの報告をした。これを聞いて激怒した趙士俊は、阿嬌に迫り死に追いつめたかどで沈猷を告発、沈猷はただちに逮捕・投獄された。さて、沈猷の運命やいかに――。

第四十二話　とりちがえ騒動記（下）

前話で『包公案』所収の「借衣《しゃくい》」をとりあげたが、その概要は以下のとおり。貧しい沈猷《しんゆう》は婚約相手の趙阿嬌《ちょうあきょう》の屋敷に招かれたが、着て行くものがなく、表兄《いとこ》の王倍《おうばい》に借りに行った。話を聞いた王倍はちゃっかり沈猷になりすまして趙家を訪れ、阿嬌と一夜をともにしたばかりか、阿嬌の母田《でん》氏から結納金と貴金属をもらいうけ、素知らぬ顔で帰宅する。あとで事情が判明するや、阿嬌と王倍の母は自殺、王倍の新妻游《ゆう》氏は離婚してしまう。

事はこれだけですまなかった。詳しい事情を知らない阿嬌の父趙士俊《ちょうししゅん》は、娘を死に追いつめたかどで沈猷を告発、沈猷はたちまち逮捕・投獄される。なにぶん原告の趙士俊が有力者なので、この事件を担当した葉《よう》長官はろくに取り調べもせず、沈猷に死刑の判決を下した。処刑時期の秋が近づくと、葉長官は巡察中の包拯《ほうじょう》に死刑執行の許可を申請した。

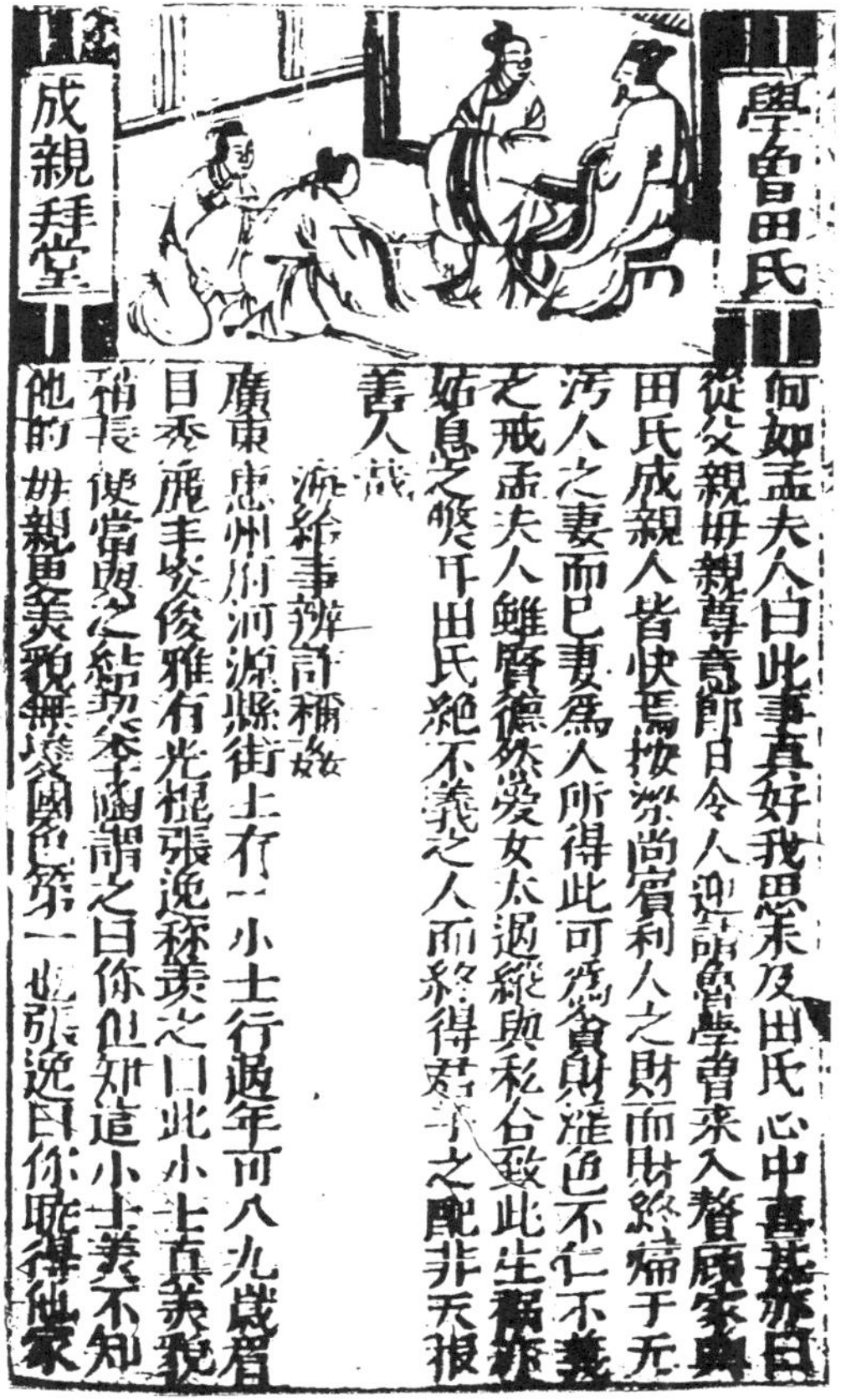

沈猷と游氏が結婚する場面（『廉明公案』）

カップル組み替え大団円

これを知った阿嬌の母田氏はあわてて包拯のもとに使用人を走らせ、沈猷を死刑にしないでほしいと懇願する。というのも、田氏がよかれと思ってした段取りが裏目に出て、阿嬌はニセの婚約者にだまされ自殺したのだが、田氏としては、夫の趙士俊に叱られるのが怖くてとても言いだせない。そうはいっても、自分が真実を隠しているせいで、無実の沈猷が死刑になっては申しわけないと、田氏は進退きわまり、包拯に直訴に及んだのだった。

趙士俊は沈猷を告発し、その妻の田氏は沈猷を死刑にしないでほしいと懇願する。夫婦の言い分がこれほど食い違っているのはおかしい。これは何かあると、ピンときた包拯は、獄中の沈猷を呼び出し尋問した結果、表兄の王倍が一枚かんでいることをつきとめる。

かくて、包拯は一芝居打つことを思いつき、布売りに身をやつして、王倍の家を訪れる。包拯は言葉巧みに見えっ張りの王倍を挑発し、大枚百五十両分の布を売りつけることに成功する。王倍は田氏からせしめた、八十両余りの現金と百両相当の貴金属を持っており、これを気前よく差し出して支払いをすませる。

王倍から受け取った簪《かんざし》などの貴金属を、さっそく趙士俊に見せたところ、うちの品物に相違ないとのこと。証拠がそろったところで、包拯は王倍を呼びつけきびしく尋問した。観念した王倍はいっさいを自白、たちまち棒殺され、沈猷はめでたく無罪放免となった。

真犯人の王倍は処刑されたものの、怒りのおさまらない趙士俊は、王倍の妻游氏も同罪だから逮捕すべきだと、息巻く始末。これを知った游氏は離縁状をもって趙家を訪れ、王倍の悪事を知り、結婚後一か月たらずで離婚したいきさつを説明、身の潔白を主張した。游氏の潔癖さに打たれた趙士俊・田氏夫婦は、この游氏と阿嬌のホンモノの婚約者沈猷を結婚させ、趙家のあとを継がせることにする。まずは、めでたしめでたしの大団円である。

この「借衣」の話は、婚約者のとりちがえが事件の発端となり、阿嬌のホンモノの婚約者沈猷とニセの婚約者王倍の元妻である游氏が、カップルとなるところで終幕を迎える。この話の面白さは、こうしてとりちがえと組み替えを、交錯させたところにあるといえよう。

ちなみに、こうしたカップルの組み替えもまた、語り物を母胎とする話本小説にしばしば見られるテーマである。

第四十三話　横恋慕始末記

中国古典ミステリーには、結婚をめぐるイザコザをテーマにしたものが多く、『包公案』所収の「栽贓《さいぞう》」という話もその一つである。付言すれば、栽贓とは盗品などをひそかに他人のところに置き、罪に陥れることをいう。

永平県《えいへいけん》（河北省）に住む周儀《しゅうぎ》に玉妹《ぎょくまい》という娘がいた。玉妹は幼いころから同郷の楊元《ようげん》と婚約していたが、たまたま母が亡くなったため、婚礼が先延ばしになっていた。そんなある日、大金持ちの地方ボス伍和《ごわ》が玉妹に一目惚《ぼ》れする。伍和はさっそく仲人を立て、正式に求婚するが、父の周儀は娘には婚約者（楊元）がいると、頑として受けつけない。頭にきた伍和は、「財産も格もずっと下の楊元ごときに負けてなるものか。どんな手を使っても、必ず思いを遂げるぞ」と、執念を燃やす始末。これは危ないと感じた周儀は、あわてて吉日を選び、楊元と玉妹を結婚させてしまう。

これで事がすむかと思いきや、強引な伍和は怒りに狂い、何とか楊元の足を引っ張ろ

婚礼の行列（『北京風俗図譜』東北大学附属図書館所蔵）

物乞の欲からほころぶ悪計

うと、あの手この手の悪だくみをめぐらす。まず、伍和は人を使って自家の墓地にある杉の大木数本を切り倒し、これをこっそり楊家の池に投げ込ませると、杉を盗んだかどで、楊元を告発した。これはあまりに見え透いたやり口であり、県の長官は縁談を断られた腹いせに伍和自身がやったのだと、たちまち看破、あべこべに伍和を棒だたき二十回の刑に処した。

これであきらめればよいものを、粘着質の伍和はますます楊元に恨みをつのらせるばかり。そんなとき、たまたま伍家に物乞《ものごい》がやって来た。聞けば、この物乞は楊元の屋敷にもしばしば行くとのこと。しかも、楊元の屋敷ではお祝い事があり、このところつづいて邸内で宴会が催され芝居が上演されて、人の出入りも多いということだった。

伍和はこの物乞を利用して一芝居打つことを思いつく。そこで、物乞にお礼をはずむと約束すると、金の簪や銀の簪などの高価な装飾品をわたし、これをこっそり楊家の井戸に投げ込むように申しつけた。そのうえで、伍和は巡察中の包拯《ほうじょう》に、楊元が自分の貴金属を盗み、井戸に隠していると告発した。

包拯はさっそく部下に命じて楊家の井戸をさらわせ、投げ込まれた装飾品を発見するや、楊元を逮捕したが、むろん楊元は罪を認めない。そこで包拯は、装飾品を製作した金細工職人および銀細工職人を呼び、検分させたところ、二人ともこれは自分の作ったものではない、銅や錫に金や銀のメッキをほどこしたニセモノだという。包拯はこの証言を故意に伍和に告げ、部下に彼の動きを探らせた。

　伍和が物乞と会い、どういうことだと詰問している最中、尾行していた包拯の配下が現れ、物乞を包拯のもとに連行した。包拯が物乞を追及したところ、なんと伍和から装飾品をわたされたあと、欲が出てニセモノにすりかえ、本物はまだ自分が持っていると自白した。かくして悪事露見、伍和は徒刑に処せられ、楊元は無罪放免となったのだった。

　横恋慕に狂い、悪計をめぐらしたつもりの地方ボス伍和が、手先に使ったつもりの物乞にあっさりしてやられる。こうした物語展開はエンターテインメントならでは、いかにも大向こう受けのするものといえよう。

第四十四話

まわる因果の小車

語り物を母胎とする近世中国の白話短編小説には、「輪廻《りんね》転生《てんしょう》」といった仏教的要素を加味したものがまま見られる。『包公案』に収められた「江岸の黒龍」はその一例である。

ころは北宋。西京《せいけい》（河南省洛陽市）に程永《ていえい》というブローカーがいた。彼は本業のかたわら、宿賃をとって自宅に旅人を泊め、使用人の張万《ちょうまん》に宿泊者名簿をつけさせていた。

ある日、成都《せいと》（四川省）に住む江龍《こうりゅう》という若い修行僧が、度牒《どちょう》（官庁から交付される出家証明書。これを受けるには多額の資金が必要）を申請すべく、大金を所持して東京《とうけい》（北宋の首都。河南省開封《かいほう》市）に行く途中、程永の家に一泊した。その夜、あるじの程永は親類の家でごちそうになり、ほろ酔い気分で帰宅すると、戸のすき間から明かりがもれている。なにげなく中をのぞくと、若い修行僧（江龍）がベッドの上に大金を並べ、勘定しているではないか。むらむらと悪心がわいた程永は深夜、江龍の寝込みを襲って刺殺し、そ

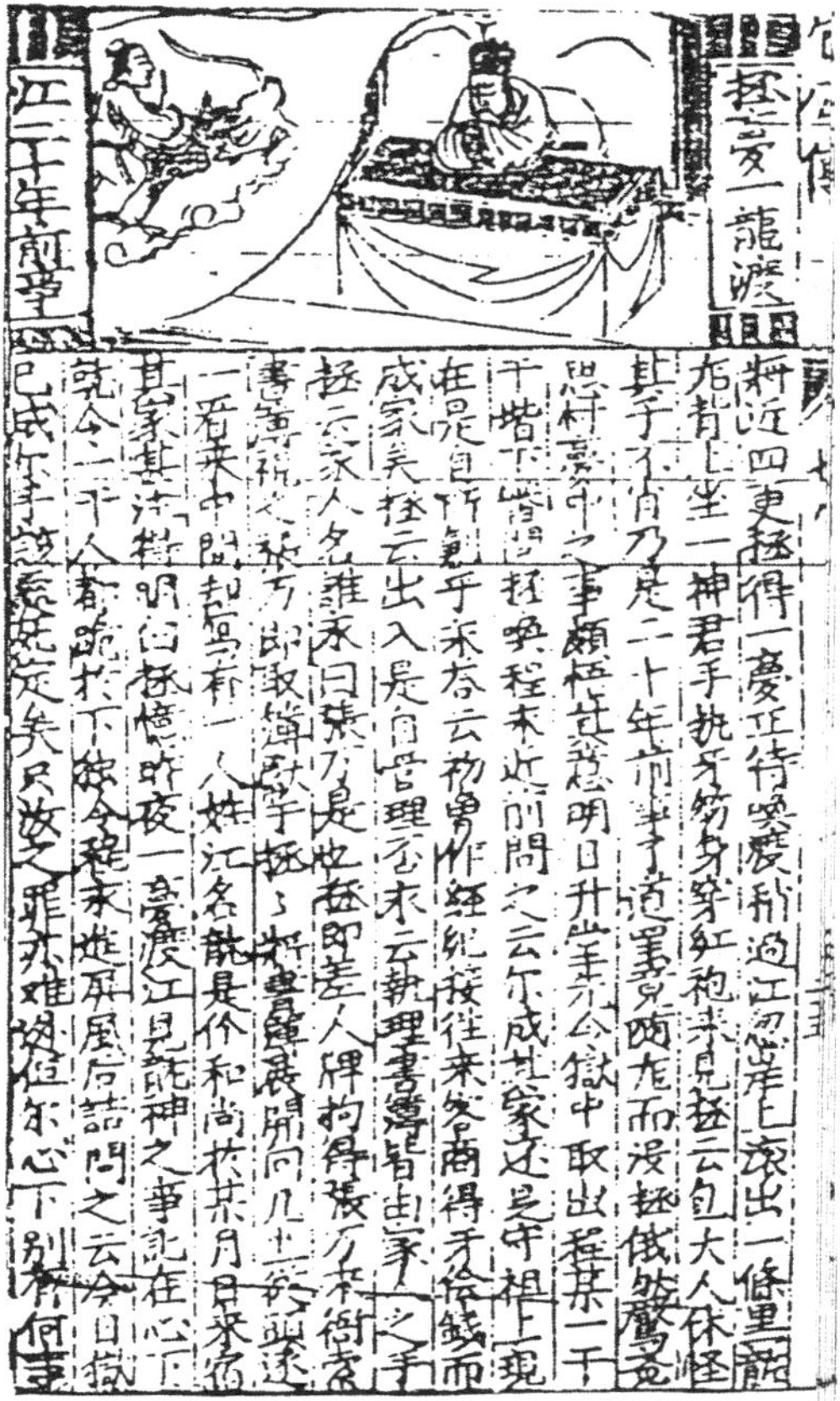

江から現れる龍を夢にみる包拯（『百家公案』）

の所持金を奪ったあと、死体を床下に埋めた。

こうして得た大金を元手に商売を始めたところ、これが順風満帆、またたくまに程永は大資産家にのしあがる。やがて美貌《びぼう》の妻（許氏《きょし》）を娶り、息子の程惜《ていせき》をもうけるなど、私生活もしばらくは順調そのものだった。ただ、息子の程惜が成長するにつれ、わけもなく父を憎むようになったのが、悩みの種だった。

それでも、一人息子だからと甘やかしているうち、程惜はますます反抗的になり、とうとう鋭利な短刀を手に入れ、父の程永の命をつけ狙う始末。たまたま事情を知った程永の友人厳正《げんせい》は、このままでは大変なことになると、かの名裁判官包拯《ほうじょう》に訴え出た。

包拯はさっそく程惜とその両親、および隣人らを召喚して尋問したが、なぜ実の息子がそれほど父を憎むのか、どうも判然としない。考えあぐねた包拯はその夜、妙な夢をみた。江のなかから忽然《こつぜん》と、背中に江神（川の神）をのせた龍が現れたかと思うと、「これは二十年前の事件と関わりがある」という江神の声が聞こえてきたのだ。ハッと目がさめた瞬間、包拯は隠された事件のあらましを悟った。

そこで、包拯は、かつて程永が宿屋をしていたときの使用人張万を召喚するとともに、その当時の宿泊人名簿を提出させた。この名簿を詳細に検討すると、案の定、夢と符合する「江龍」という名前が記されている。かくして、包拯が程永をきびしく追及したところ、程永はとても隠しきれず、二十年前の江龍殺しの一件を自白したのだった。

つまるところ、程永の息子程惜は江龍の生まれ変わりであり、程永を自白に追い込むまで、手をゆるめなかったというしだい。この結果、程永は過酷《かこく》な国境守備の兵役にまわされ、程惜は家財産を処分して度牒金にあて出家することで、一件落着となる。因果の小車《おぐるま》がまわり、度牒金を奪われた江龍の恨みは、これできっちりカタがついたというわけだ。

この話は因果応報、輪廻転生といった仏教的要素を巧みにあしらい、夢のお告げといった神秘的要素まで加味するなど、まさに読者サービス満点。これまた華々しき中国ミステリーの一変種だといえよう。

第四十五話

二人の母（上）

包拯《ほうじょう》の説話を集大成した公案小説集『包公案』が編纂《へんさん》されたのは、十六世紀末の明末だが、ここに至るまで、北宋以来、民衆芸能の世界において、包拯物は脈々と伝承されて来た。モンゴル族の王朝元《げん》（一二七九―一三六八）の時代、元曲《げんきょく》と呼ばれる戯曲が盛んになったが、このなかにも現存するだけで十種の包拯物がある。このうち、「包待制《ほうたいせい》、智もて灰欄《かいらん》を勘《さば》くの記（灰欄記）」（李潜夫《りせんぷ》作）は、とりわけ興趣あふれる作品である。

この戯曲のヒロイン張海棠《ちょうかいどう》の家は鄭《てい》州（河南省）の名門だったが、没落したため、やむなく妓女に身を落とした。彼女の兄張林《ちょうりん》はそんな妹を恥じ、口論のあげく家を出てしまう。その後、海棠は資産家、馬均卿《ばきんけい》（通称は馬員外《ばいんがい》）の側室となり、息子（馬寿郎《ばじゅろう》）を生む。

かくして五年。ある日、困窮した海棠の兄張林が馬家を訪れ、職さがしに首都開封《かいほう》に行く費用を無心するが、海棠は自由に使えるお金などないと拒絶する。事実、馬家をき殺人犯にされた海棠の運命は…

包拯が張海棠と馬大娘を取り調べる場面（『元曲選』）

りもりしているのは馬員外と子供のない正妻（馬大娘《マーダーニャン》）であり、海棠は召使い同然の身だったのである。

実は、馬大娘には趙令史《ちょうれいし》という地方官吏の愛人がおり、彼女は馬員外を殺して、馬家の財産を奪い取ろうと、機会をうかがっていた。張林と海棠のやりとりを知った馬大娘は、これを機に一芝居打ち、念願を果たそうと思いつく。そこで、彼女はまず自分ののだと偽って、海棠の衣装と装身具を張林に手渡す。海棠の冷淡さに比べ、馬大娘はなんと親切なことかと、張林は感謝して受け取り、これを売って旅費にかえ、開封へ向かったのだった。

道具立てのそろったところで、馬大娘は馬員外に向かって、海棠には愛人がおり、衣装や装身具をその男にわたしたと告げ口する。逆上した馬員外が気分がわるくなったため、馬大娘は海棠に薬を煎《せん》じるよう命じ、隙《すき》を見て毒薬を混入、馬員外を毒殺してしまう。

なんとも恐れ入った悪女ぶりだが、馬大娘の悪辣《あくらつ》さにはまだ先がある。なんと彼女は「馬員外を毒殺したのはおまえだ」と海棠をなじり、示談にしてやるから、子供を置いて出て行けと迫った。なんといっても海棠の生んだ寿郎は馬家の跡取りであり、これを連れて出られると、あとがやっかいになると考えたのだ。しかし、海棠もさるもの、示談などまっぴら、出るところに出て話をつけようとはねつけ、この一件は鄭州の役所に持ち込まれる。

海棠はこれで自分の無実の罪が晴れると思ったわけだが、それは大きな誤算だった。したたかな馬大娘は、海棠を馬員外殺しの犯人として告発したばかりか、寿郎は自分の実子であるにもかかわらず、海棠は自分が生んだと虚偽の申し立てをしている、と主張したのである。しかも念の入ったことに、馬大娘は寿郎をとりあげた産婆から隣人まで買収し、寿郎を彼女の実子だと証言させたものだから、海棠の立場は不利になるばかり。

さらにまた、鄭州の役所には馬大娘の愛人趙令史もおり、こっぴどく海棠を拷問し自白に追い込むことなど、赤子の手をねじるようなものだった。かくして、海棠はあれよあれよという間に馬員外殺しの犯人に仕立てあげられ、処刑を待つばかりとあいなる。海棠の運命やいかに――。

第四十六話

二人の母（下）

さて、元曲の「包待制《ほうたいせい》、智もて灰欄《かいらん》を勘《さば》くの記（灰欄記）」（李《り》潜夫《せんぷ》作）をとりあげ、鄭《てい》州の資産家、馬《ば》員外《いんがい》の側室張海棠《ちょうかいどう》が、悪辣な正妻馬大娘《マーダーニャン》の策略により、馬員外殺しの犯人に仕立てあげられた顚末《てんまつ》を述べた。真犯人の馬大娘は、海棠に罪をなすりつけたばかりか、財産欲しさに産婆や隣人を買収し、海棠の生んだ息子（寿郎。馬家の跡取り）まで、自分の子だと証言させたのだった。

さて、馬大娘の愛人の地方官吏、趙令史《ちょうれいし》に拷問され、やってもいない馬員外殺しを認めさせられた海棠は、まもなく最終判決を受けるべく、二人の役人に付き添われ、居住地の鄭州（河南省）から首都開封に護送された。その途中、海棠は兄張林《ちょうりん》とめぐりあう。張林は、馬大娘が海棠を陥れるために仕掛けた罠《わな》とは露知らず、大娘からわたされた海棠の衣装や装身具を金にかえて、開封に行き、今は名裁判官包拯《ほうじょう》の部下になっていた。

海棠から事件の一部始終を聞いた張林が、なにもかも腹黒い馬大娘の陰謀だと悟った

江戸歌舞伎の大岡越前守（中央）

日本でも大岡政談で受ける

とき、ちょうど馬大娘と趙令史が出現する。なんと彼らは護送の途中で海棠を殺害しようと、追いかけて来たのだが、張林の顔を見た瞬間、危険を察知しあわてて逃げてしまう。

かくして、事件は包拯のもとに持ち込まれた。海棠と張林の話を聞いた包拯は、馬大娘と趙令史をはじめ関係者一同を召喚し、まず馬寿郎は誰の子かと尋ねる。しかし、馬大娘に買収されている産婆や隣人は、大娘の実子だと言い張るばかりで、ラチがあかない。

そこで、包拯は一計を案じ、下役に命じて白洲《しらす》の地面に石灰で欄（円形）をかかせ、そのまんなかに寿郎を立たせせた。そのうえで、馬大娘と海棠にそれぞれ寿郎の右手と左手を握らせ、「子供を欄の外に引っ張り出せ。引っ張り出した方が実の母だ」と申しわたす。すると、海棠は寿郎にケガをさせることを恐れて、力を抜いてしまったのに対し、大娘は容赦なく力をこめて寿郎を引っ張り出した。

これを見た包拯は、子供の身を思う海棠こそ実母であり、無慈悲な大娘は、財産継承者たる寿郎を必要としたにすぎないニセ母だと判定を下す。これを糸口に、包拯は馬大娘こそ馬員外殺しの真犯人であり、趙令史はその共犯者であることを明らかにする。この結果、馬大娘と趙令史が極刑に処せられたのはむろんのこと、いいかげんな判決を下した州長官から偽証した産婆や隣人に至るまで、罪状に応じて処罰され、事件は一件落着となった。

この作品は、欲望と悪の権化というほかない馬大娘のキャラクターを鮮烈に活写するなど、とても七百年も前に書かれたとは思えないほど、臨場感に富む傑作である。

ちなみに、南宋（一一二七―一二七九）に編纂《へんさん》された裁判説話集『棠陰比事《とういんひじ》』（桂万栄《けいばんえい》編）に、二人の母に子供をはさんで争わせ、子供の身を思って力を緩めた方を実母だと判定する趣向の有名な話があり、「灰欄記」はいうまでもなく、これを踏まえている。さらにまた、日本の包拯というべき大岡越前守《えちぜんのかみ》の裁判物語集『大岡政談』にみえる、「実母・継母の御詮議《ごせんぎ》の事」と題する話も、まったく同一の趣向であり、中国でも日本でも大いに受けた話柄であることがわかる。

第四十七話

中国ミステリーの転換期

これまで、六朝志怪小説集《りくちょうしかい》『捜神記《そうしんき》』、唐代伝奇、南宋の裁判説話集『棠陰比事《とういんひじ》』、元曲、明末の白話短編小説集「三言（『古今小説《ここんしょうせつ》』『警世通言《けいせいつうげん》』『醒世恒言《せいせいこうげん》』）」、やはり明末の公案小説集『包《ほう》（龍図《りゅうと》）公案』等々に、収録された作品をとりあげながら、「中国ミステリーの系譜」を具体的にたどってきた。

四世紀前半の東晋に成立した『捜神記』から、明末（十六世紀末—十七世紀初め）の『包公案』までの時間差は、なんと千三百年。この長い時間の経過のなかで、中国古典ミステリーの物語展開は確かに委曲を尽くして巧妙になり、語りのテクニックもしだいに成熟の度を増していった。しかし、中国古典ミステリーに特徴的な道具立てじたいは、早い時期から主要なものはほぼ出揃っており、これを手を変え品を変えアレンジしながら、物語世界を形作って来たといえよう。

たとえば、漢字独特の文字遊び「字謎《ヅーミー》」を用いたり、亡霊や夢の啓示といった、超自

明末に一つのジャンルとして意識

「牡丹亭還魂記」（湯顕祖作）のさし絵

然的要素を盛り込んだりして、犯人を暗示する手法は、六朝志怪や唐代伝奇以来、中国古典ミステリーのなかで、繰り返し用いられてきた、謎解きの道具にほかならない。

このほか、さまざまな「とりちがえ」のトリックもまた、早くから中国古典ミステリーに頻出する、お馴染みの道具立てである。ちなみに、中国古典ミステリーでは、六朝志怪このかた冤罪事件を扱った作品が非常に多い。冤罪事件というのは、つまるところ「犯人のとりちがえ」であり、だとすれば、いかに「とりちがえ」のトリックが、中国古典ミステリーの物語世界で重要な位置を占めるか、知れようというものだ。

というふうに、中国のミステリー作品は、六朝以来、お馴染みの道具立てを巧みに転用しながら、連綿と作られつづけてきた。しかし、その実、中国においてミステリー作品が、一つのジャンルとして意識されるようになるのは、十六世紀末から十七世紀初めの明末になってからだ。この時期に至り、『包公案』のように「公案」と銘打った、短編ミステリー集が続々と刊行され、「中国ミステリーの系譜」は新たな局面を迎える。

明末は、一種異様な熱気に包まれた時代であり、政治・経済・文化等々、種々の分野で従来の価値観の見直しや転換がはかられた。文学においても、正統的詩文のみを重視する伝統的な文学観がくつがえされ、それまで俗文学として蔑視《べっし》されてきた、白話小説や戯曲を評価する動きが一気に高まる。とりわけ戯曲のレベルアップは著しく、傑作「牡丹亭還魂記《ぼたんていかんこんき》」の作者として知られる湯顕祖《とうけんそ》（一五五〇―一六一六）をはじめ、超一流文人が競って創作に手を染めた。

堂々と「公案」と銘打った短編ミステリー集が刊行され、公案小説というジャンルが生まれたのも、この転換期たる明末社会の雰囲気とこれに連動する文学観の転換によるものである。清《しん》代に入ると、「中国ミステリーの系譜」は、また新たな展開をみせる。その詳細については次回以降に譲りたい。

卍の秘密

第四十八話

明末に至り、『包《ほう》（龍図《りゅうと》）公案』をはじめ、白話《はくわ》（口語）で書かれた公案（事件）小説集が数多く編纂《へんさん》・刊行され、中国ミステリーは空前の盛況を呈した。満洲族の清《しん》（一六四四—一九一二）の時代に入ると、短編一辺倒だった公案小説のジャンルから、長編化する作品が出現するなど、中国ミステリーも大きく変貌《へんぼう》する。ただ、こうした変化が顕著になるのは、十八世紀末から十九世紀初頭の清代後半であり、清代前半では、むしろ文《ぶん》言《げん》（書き言葉）で書かれた怪異短編小説集の分野から、ミステリー仕立ての佳作が輩出する。

その先鞭《せんべん》をつけたのは、蒲松齢《ほしょうれい》（一六四〇—一七一五）が著した『聊斎志異《りょうさいしい》』である。幽霊や狐《きつね》をはじめとするさまざまな動物の変化《へんげ》がひしめきあう、この大怪異譚《かいいたん》集『聊斎志異』のなかに、意外にも、数はそう多くないが、れっきとしたミステリー風の作品が収められている。一つ例をあげてみよう。題して「獄を折《さば》く（一）」。

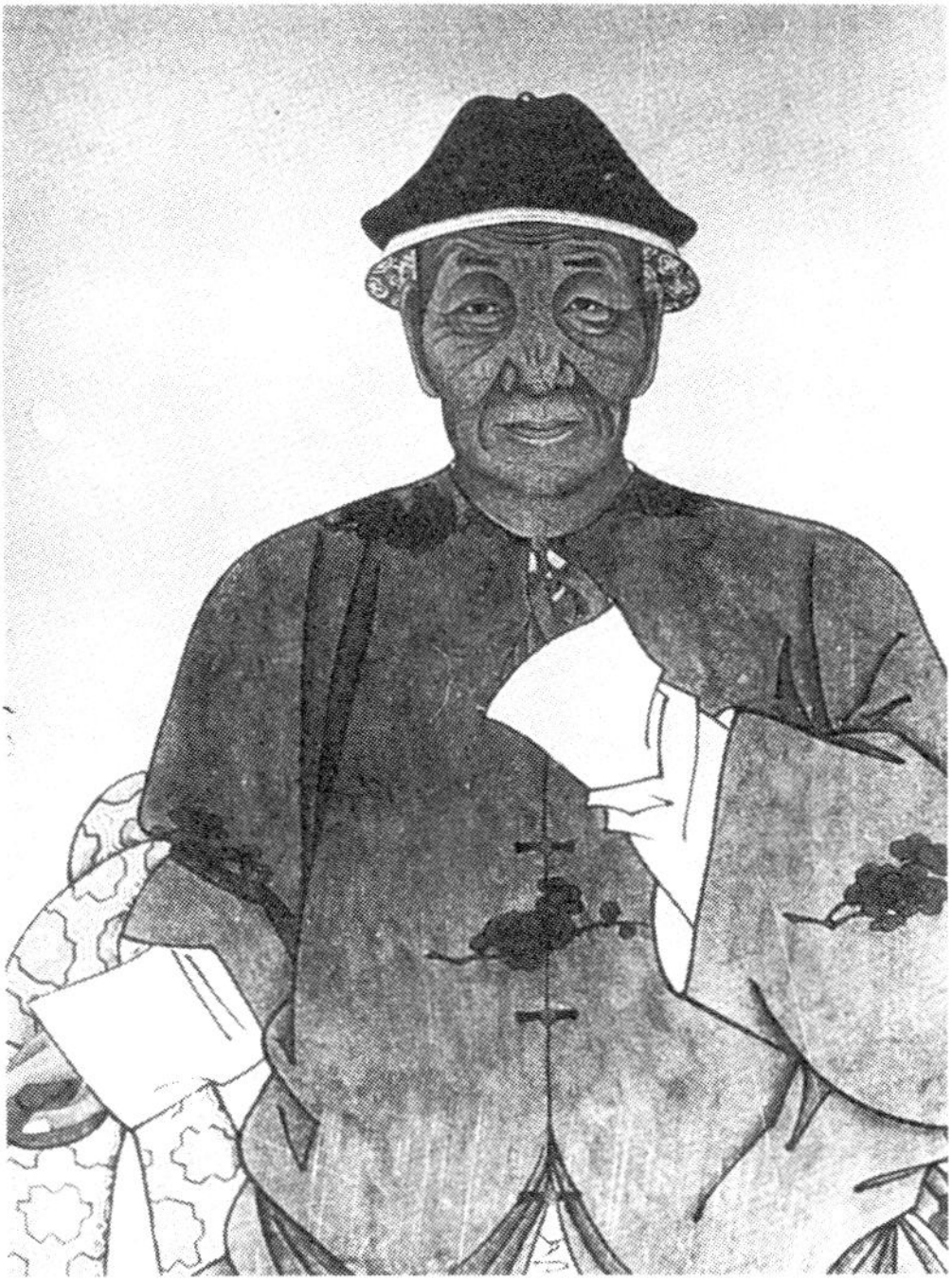

『聊斎志異』の著者、蒲松齢

刺繍が犯行あばく鍵となる

淄川県《しせん》（山東省）の西にある崖荘村《がいそう》で、商人が道で殺され、商人の妻が首吊《つ》り自殺をする事件がおこる。県知事の費禕祉《ひいし》がみずから現場検証をしたところ、商人の腰に風呂敷に包んだ銀五銭が残されていた。これで、物取りの犯行でないことはわかったが、いくら近隣の者を尋問しても犯人が浮かんでこない。

半年以上が経過し、迷宮入りかと思われたころ、別途、税金滞納のかどで数人の逮捕者が出た。このなかに周成《しゅうせい》という者がおり、処罰を恐れて、即刻、滞納した税を支払うと、費知事に風呂敷に包んだ銀を差し出した。これを見て、ピンときた費知事はきびしく周成を追及、ついに商人殺しを自白させるに至る。

実は、商人の妻は親戚《しんせき》を訪問するにあたり、見栄を張って隣家から髪飾りを借りた。しかし、用がすみ、髪飾りを大事に風呂敷に包んで家路を急ぐ途中、うっかり落としてしまう。これを拾ったのが、うしろを歩いていた周成。周成は商人の留守を狙って、その家に忍び込み、髪飾りを返してやるからと妻に迫り、なんと手籠《てごめ》にした。このとき、周成は髪飾りは妻に返したものの、風呂敷は手元に残した。

事はこれだけですまなかった。商人の妻にほれこんだ周成は、その足で商人を待ち伏せして殺害し、これを知った妻は悲嘆にくれて首をくってしまう。これが事件の一部始終だったが、周成は素知らぬ顔で口をぬぐいつづけた。しかし、税金を滞納したのが運の尽き。炯眼《けいがん》の費知事は、周成が差し出した風呂敷から、彼こそ商人殺しの犯人だと直感する。

というのも、殺された商人の腰にあった風呂敷に「卍」という字が刺繡《ししゅう》されており、周成が銀を包んで差し出した風呂敷（もともと商人の妻の髪飾りが包まれていた）にも、やはり「卍」の字が縫いとられていたのだ。天網恢恢《かいかい》、疎《そ》にして漏らさず。かくして凶悪犯罪は白日のもとにさらされ、一件落着となる。

犯行をあばく鍵となる「卍」の刺繡について、最後のタネあかしまで伏せておくなど、この話の展開には、たしかに現代のミステリーの定石からはずれているところがある。だが、十七世紀末の清初に出現した、超現実的な怪異譚集『聊斎志異』に、かくもスリリングなミステリー仕立ての作品が収められていることじたい、驚異的だというべきであろう。

第四十九話

枯井戸殺人事件

さて、蒲松齢《ほしょうれい》著『聊斎志異《りょうさいしい》』の「獄を折《さば》く（一）」をとりあげ、淄川《しせん》県（広東省。蒲松齢の故郷）の知事費禕祉《ひいし》が、難事件を解決した顚末《てんまつ》を述べた。実は、『聊斎志異』にはもう一篇、費禕祉の名裁きをテーマにした話がある。「獄を折く（二）」である。

淄川県に住む胡成《こせい》の家と馮安《ふうあん》の家は先祖代々、不仲だったが、胡成の方が強気なため、馮安はがまんして交際していた。ある日、二人で酒を飲んでいるうち、胡成は酔った勢いで、「百両くらいの金ならすぐ作れる」と言い出した。馮安がついせせら笑うと、胡成はむきになり、穏やかならぬことを口走った。「昨日、金持ちの商人が通りかかったから、有り金を奪い南山の枯井戸に突き落としてやった」。言いおわると、胡成は数百両を取り出し馮安に見せた。その実、これは胡成が妹の亭主から預かったものだった。

こうして見栄を張ったばっかりに、胡成はとんでもない目にあうことになった。胡成の話を真に受けた馮安が県知事の費禕祉のもとに、胡成を強盗殺人のかどで告発したの

「獄を折く（二）」（『聊斎志異』）

現実と架空の死体遺棄が一致

である。たちまち胡成は逮捕・尋問されたが、懸命に弁明し、妹の亭主も証言してくれたため、まずは無罪放免寸前まで漕ぎつけた。しかし、慎重な費禕祉は念のため、問題の枯井戸をさらって検証することにした。かくて、配下の者に井戸を調べさせたところ、なんと井戸の底に、ほんとうに首なし死体が転がっていた。ウソから出たまこと。仰天した胡成は必死で無実を叫ぶが、委細かまわず死刑囚用の刑具で縛り上げられてしまう。

こうして胡成を拘束する一方、費禕祉は各村にふれ書きを回し、死体の親族は名乗り出よと申しわたした。すると、翌日、一人の女が夫にちがいないと申し出た。申し立てによれば、夫は何甲《かこう》といい、数百両をもって家を出たまま行方不明とのこと。さらに問いただしたところ、服装も枯井戸の死体と一致している。費禕祉は何甲の妻に、「犯人も逮捕されていることとゆえ、死体の首さえ発見されれば、この事件は解決だ。解決すれば、おまえは子供もなくまだ若いのだから、すぐ再婚してよろしい」と言いわたし、帰宅させた。

そのうえで、またも各村にふれ書きを回し、死体の首の捜索を命じると、王五《おうご》なる者が首を発見したと知らせが入った。実検の結果、何甲の首だと判明したので、費禕祉はこれで一件落着だと、何甲の妻との約束どおり、彼女を娶《めと》りたい者は申し出るよう通達を出した。すると、さっそく求婚状を提出する者が現れた。何甲の首を発見した王五である。

これは怪しい。費禕祉が王五と何甲の妻を問いつめたところ、二人はかねて深い関係にあり、共謀して何甲を殺害、枯井戸に投げ込んだことを白状した（貧しい商人の何甲は、実際には一文も身につけていなかった）。この現実の殺人・死体遺棄事件が、奇《く》しくも胡成の架空殺人と一致したわけだ。こうして費禕祉は快刀乱麻、もつれた難事件を解決し、胡成を釈放したあと、王五と何甲の妻を死刑、馮安を誣告《ぶこく》罪で流刑に処したのだった。

この話のスリリングな展開は、怪異小説の名手蒲松齢が、ミステリーの分野でも、端《たん》倪《げい》すべからざるストーリー・テラーであることを、うかがわせるものだといえよう。

第五十話

刺繍履殺人事件（上）

近代以前の中国では、纏足《てんそく》用の小さな履《くつ》に、エロティックな魅力を感じる向きが多かったらしく、古典ミステリーの世界にも、履をめぐる事件がまま見られる。蒲松齢《ほしょうれい》著『聊斎志異《りょうさいしい》』に収められた「臙脂《えんじ》」もその一つである。

東昌県《とうしょう》（山東省）に卞《べん》という牛医者がいた。娘の臙脂が聡明な美少女だったため、卞は名家に嫁入りさせたいと願ったが、なかなか話がまとまらなかった。そんなある日、卞家の向かいの家の主婦、王氏《おう》が臙脂の部屋に遊びに来た。あれこれ世間話をしたあと、臙脂が門口まで王氏を送って出たところ、たまたま白い喪服を着た青年が通りかかった。容貌といい姿といい、まことに好ましい青年である。

思わず臙脂がボーッと見とれていると、王氏がいうには、「あの方は鄂秋隼《がくしゅうしゅん》という秀才（科挙の地方試験「郷試」の予備試験、「院試」の合格者）で、最近、奥さんを亡くされたのよ。あなたにその気があるなら、仲人を立てて求婚してくださるように、言ってあげま

美少女の履、父の死体の横に

先のとがった短いくつの舞台衣装をつける女性二人
（宋代の『雑劇人物図』より）

しょうか」。臙脂は黙っていたが、内心、期待するところ大であった。

しかし、数日たっても王氏から何の音沙汰《おとさた》もなく、あれこれ思い悩むうち、臙脂は食事ものどを通らなくなり、病の床に伏すようになった。典型的な恋煩いである。見舞いに来た王氏がそのようすを見て、「今、うちの主人が留守で先方に話をもって行けないんだけど、これは大変。ともかく、夜にでも鄂さんに来ていただきましょう」と言うと、臙脂は「ご本人より仲人をよこしていただきたいわ。そうすれば、すぐなおります」と言う。

実は王氏には結婚前から宿介《しゅくかい》という愛人がおり、結婚後も夫が行商に出て留守がちなのをいいことに、宿介との仲はずっとつづいていた。この日も、忍んで来た宿介に向かって、王氏は冗談半分、臙脂の話をして、鄂秀才に取りついでもらえないかといった。美貌の臙脂に関心があった宿介は、たちまち好奇心を刺激されたが、王氏に悟られぬよう素知らぬていで、臙脂の家の間取りを聞きだした。

翌晩、宿介は塀を乗り越えて、まっすぐ臙脂の部屋に行き、鄂秋隼だと偽って戸をあけさせると、暗がりをいいことに、けしからぬ行為に及ぼうとした。しかし、臙脂が「こんなことをするのは鄂さんではない。ニセモノだろう」と騒いだため、宿介は諦め、次の逢瀬《おうせ》の証拠にと、むりやり彼女から刺繡《ししゅう》をした履《くつ》を奪い取ったうえで、引きあげて行った。

この履がとんでもない事件の引き金になる。なんと宿介は王氏のもとに行く途中で、この履を落としてしまったのである。これを拾ったのが、かねて王氏に言い寄っては、ひじ鉄を食わされている毛大《もうだい》という男。履を拾った毛大は、王氏と宿介の会話を盗み聞きして、それが臙脂のものだと知るや、またまた厚かましくも臙脂の家に忍び入った。

しかし、間取りがわからず、ウロウロするうち、臙脂の父の卞と出くわしてしまう。卞は刀をふりかざして毛大を追いかけ、進退きわまった毛大は逆に卞を殺し、一目散に逃げた。このとき、なんと毛大は卞の死体の横にくだんの刺繡した履を落として行った。これを見た臙脂が、父を殺したのは「鄂秋隼」だと証言したため、ただちに鄂秋隼は逮捕・投獄された。さて、鄂秋隼の無実の罪は晴らされるのであろうか——。

第五十一話

刺繍履殺人事件（下）

さて、蒲松齢《ほしょうれい》著『聊斎志異《りょうさいしい》』に収められた「臙脂《えんじ》」をとりあげ、東昌県の牛医者卞《べん》の娘、臙脂の刺繍履《くつ》を、たまたま手に入れた毛大《もうだい》なる男が、卞家に忍び込んで発見され、卞を殺害した顚末《てんまつ》を述べた。これよりさき、臙脂は鄂秋隼《がくしゅうしゅん》という秀才に一目惚《ぼ》れした。近所の主婦、王氏が愛人の宿介《しゅくかい》にこの話をしたところ、なんと宿介は鄂秋隼のふりをして臙脂の部屋に押し入った。しかし、騒がれたので、彼女の刺繍履を奪って退散したが、途中で落としてしまう。偶然、これを拾ったのが毛大だったというしだい。

父の死体の横に自分の履が落ちているのを見た臙脂が、犯人は「鄂秋隼」だと証言したため、たちまち鄂秋隼は東昌県の役所に逮捕・投獄された。仰天した鄂秋隼はこっぴどく拷問されると、やってもいない卞殺しを認めてしまい、県役所では彼に死刑の判決を下す。

これで一巻の終わりと思いきや、その後、幸いにも上級機関の済南《せいなん》府役所で死刑囚の

城隍廟（土地神を祭る祠。都市の廟）

祠で検分、真犯人は死刑に

再審が行われた。このとき、府長官の呉南岱《ごなんたい》は鄂秋隼の事情聴取を行い、無実を確信する。そこで、臙脂と王氏を召喚し問いただしたところ、容疑者として宿介が浮かぶ。呉南岱は鄂秋隼を釈放して、かわりに宿介を逮捕、拷問にかけると、宿介はたちまち音をあげ、これまたやってもいない卞殺しを認めてしまう。

こうして宿介は死刑執行を待つ身となったが、どうしても納得がいかない。宿介は素行はわるいが、山東一帯では有名な才子だったので、有能だと世評の高い山東省の学政（学務長官）の施愚山《しぐさん》に手紙を出して、窮状を訴えた。この手紙を熟読した施愚山は宿介の無実を確信し、山東省の検察長官の許可をえたうえで、宿介と王氏から事情を聴取した。この結果、施愚山は王氏のまわりをうろついていた数人の男が怪しいとにらみ、全員逮捕した。このなかにはむろん毛大も含まれていた。

施愚山は彼らを城隍廟《じょうこうびょう》（土地神をまつる祠《ほこら》）に連れて行き、上半身を裸にして、真っ暗な祠のなかに追い込み、盆に入れた水で手を洗わせると、こう命じた。「壁に向かったままじっとしていろ。神が犯人の背中に印をつけられるであろう」。やがて全員を祠から呼び出し、彼らの背中を検分するや、施愚山は毛大を指さし、「おまえが犯人だ」と断言した。

実は、祠の壁にはあらかじめ灰が塗られており、容疑者が手を洗った盆の水には煤煙《えんばい》がまぜられていた。これに気がつかなかった毛大は、神が背中に印をつけるのではないかと恐怖にとらわれ、必死になって背中を壁にこすりつけたうえ、祠から出るときには、その隙《すき》に印を付けられないよう、手で背中を押さえていた。このため、毛大の背中は灰にまみれ、手で押さえたあとに煤煙がついていたのだった。こうして、施愚山の名裁きによって、卞殺しの真犯人毛大は死刑に処せられ、一件落着となった。ちなみに、痛い目にあった鄂秋隼と臙脂は、その後めでたく結婚、この話はまずは大団円の結末を迎える。

この「臙脂」の話は、真犯人にたどりつくまで、二つの冤罪事件を重ねるなど、凝った趣向によって組み立てられている。真犯人が暴露されるさいの道具立てにも、意表をつくものがあり、すこぶる興趣に富む。まさしく上質の娯楽ミステリーというべきであろう。

第五十二話

憑依の謎

蒲松齢《ほしょうれい》の著した怪異短編小説集『聊斎志異《りょうさいしい》』に収められたミステリー仕立ての作品には、怪奇趣味を盛り込んだものが少なくない。たとえば、「冤獄」と題される作品がそうだ。

陽穀県《ようこく》（山東省）の朱生《しゅせい》は冗談好きの若者だった。妻を亡くした彼は再婚をあっせんしてもらおうと、媒婆《メイポ》（仲人業の中高年女性）の家に出かけた。そのとき、見かけたのが媒婆の隣に住む美人妻。心ひかれた朱生は媒婆に、「きれいな奥さんだね。再婚相手はあんな人がいいな」と、冗談口をたたいた。すると、媒婆もふざけて、「あの人の夫を殺してしまいなさいよ。そうしたら、話をもっていくわ」と言うので、朱生は「わかった」と笑った。

それから一か月余り、借金の取り立てに出た美人妻の夫が、実際に野原で殺害されたものだから、大変なことになった。県知事は、媒婆の証言から朱生が怪しいとにらみ、

周倉（左下）と関羽（明・商喜作「関羽擒将図」部分）

『演義』の故事を盛り込む

さっそく朱生を逮捕、尋問したが、朱生はむろん否認しつづける。業を煮やした県知事は、ならばと美人妻を拷問にかけ、朱生と深い関係にあるため、邪魔になる夫を殺したに相違ないと責め立てた。彼女は耐えきれず、とうとうやってもいない夫殺しを自白してしまう。

県知事からこの話を聞いた朱生は美人妻を深く哀れみ、自分が罪をかぶる決意をする。県知事から殺害した証拠はあるかと問われると、朱生は「血のついた上衣」が家にあると答え、「拷問にかけられるより、早く死んだ方がましなのです」と母を説得して、血のついた上衣を提出させた。これで証拠もそろい、朱生は死刑の宣告を受けたのだった。

かくして一年余り。死刑執行も迫ったある日、県知事が白洲《しらす》で朱生に最後の審問を行っている最中、突然、一人の男がものすごい勢いで突入して来た。この男は「わしは周将軍《しゅう》だ。真犯人は宮標《きゅうひょう》で、朱は無関係だ」と怒鳴ったかと思うと、気絶してしまった。意識がもどったところで、問いただすと、なんとこの男こそ当の宮標だった。そこで、県知事がきびしく追及すると、宮標は金取り目当てに美人妻の夫を殺害したことを自白したのだった。

ちなみに、「周将軍」とは『三国志演義』の豪傑、関羽《かんう》の忠実な部将周倉《しゅうそう》を指す。朱生の冤罪を晴らすべく、周倉の霊が真犯人の宮標に乗り移ったというわけだ。『演義』には、非業の死を遂げた関羽の霊が仇敵呂蒙《りょもう》に乗り移り、祟《たた》り殺したという有名なくだりがある。ここで、周倉の霊が真犯人に憑依《ひょうい》したとされるのは、むろんこのパロディーにほかならない。『聊斎志異』の著者蒲松齢はこうして遊び心たっぷり、万人周知の関羽憑依の故事をひとひねりして盛り込み、この作品を一風かわった怪異ミステリーに仕立てあげている。

さて、「冤獄」の結末やいかに。証拠となった上衣の血痕は、息子を拷問の苦しみから救うべく、母が自分の腕を切ってつけたものであることが判明、朱生は天下晴れて無罪放免となった。その後、朱生は、彼の心意気に感動したかの美人妻とめでたく結婚したという。

第五十三話

怪事件、怪事件を呼ぶ（上）

清代中期、大文人袁枚《えんばい》（一七一六―一七九七）が著した、怪異譚集『子不語《しふご》』にも、まま興趣あふれるミステリー風の作品が収められている。たとえば、「驢《ろば》 奇冤《かいじけん》を雪《と》く」。

保定府《ほていふ》清苑《せいえん》県（河北省）の住人、李《り》の娘が百里ほど離れた張家荘《ちょうかそう》に住む張《ちょう》の息子のもとに嫁いだ。まもなく新婦は里帰りしたが、だいぶ日もたったので、新郎（張の息子）が驢馬《ろば》に乗って迎えに来た。張の息子は足弱の妻を驢馬に乗せ、自分は歩いて家へ帰る途中、知り合いのいる村にさしかかった。張の息子は知り合いと出会えば手間どるだろうし、驢馬も帰り道をよく知っているから、大丈夫だと思い、妻を一足先に行かせた。これが誤りのもとだった。なんと驢馬は分かれ道まで来たとき、反対の方角へ進んでしまったのだ。

やがて日も暮れ、心細くなった張の妻は、たまたま平行して走っていた馬車の乗客に聞いて、やっと道をまちがえたことに気づき、うろたえてしまった。馬車の乗客は、劉《りゅう》

市場の情景（『北京風俗図譜』東北大学附属図書館所蔵）

謎深まる
第三の和尚殺し

という近くの村の富豪の息子だったが、彼女に同情し、近くに知り合いの家があるから、一晩泊まるようにと申し出た。ほかに方法もなく、張の妻はやむなくこの申し出を受けた。

しばらくして、劉家の小作人孔《こう》某の家に到着した。話を聞くや、孔某は娘の部屋をあけ、張の妻と劉を泊める算段をしてくれた。実は、孔某の娘も結婚したばかりで、里帰り中だったが、孔某は地主の依頼だからと娘を納得させ、婚家先に帰らせた。その夜、張の妻と劉は孔某の娘の部屋で一泊し、劉の馬車の御者は室外で野宿、驢馬は軒先につながれた。

ところが、翌日、昼時になっても張の妻と劉が起きてこないので、孔某がのぞいたところ、二人とも首を斬られ、惨殺されているではないか。おまけに驢馬の姿も消えている。震えあがった孔某と御者はかかわり合いになるのを恐れ、夢中で二人の死体を野原に埋めた。

やがて劉家からは息子が、張家からは息子の妻が行方不明だと、県役所に訴えが出された。県役人が内偵を進めるうち、郭三《かくさん》という無頼漢が市場で、張家のものとおぼしい驢馬を売りに出しているとの情報をつかむ。そこで、さっそく県知事が郭三を尋問したところ、以下の事情が判明した。郭三はかねてから孔某の娘と愛人関係にあり、里帰りするという話を聞いて、部屋に忍んで行くと、男女が同室していたため、孔某の娘とその夫だと勘違いし、カッとして殺してしまったと自白した。

つづいて県知事は孔某をきびしく追及して、二人の死体を埋めた場所を白状させ、部下に死体を掘り出すよう命じた。かくて、作業を進めると、確かに一つ、死体が出てきた。しかし、それは頭がツルツルの和尚の死体だった。これは変だ。さらに、掘り進めたところ、今度はまちがいなく張の妻と劉の死体が出てきた。これで、郭三の犯行が立証され、こちらの事件は一件落着となったのだが、それにしても、和尚の死体の謎は残る。さて、和尚を殺したのは誰なのか——。

第五十四話

怪事件、怪事件を呼ぶ（下）

前話で、袁枚《えんばい》著『子不語《しふご》』の「驢《ろば》　奇冤《かいじけん》を雪《と》く」をとりあげ、道に迷った張《ちょう》の新妻が親切な人物（劉《りゅう》）と出会い、勧められて劉家の小作人孔《こう》某の家に泊り、人違いした孔某の娘の愛人、郭三に殺された顚末《てんまつ》を述べた。

二人の死体のありかを知った県知事は、部下に命じて死体を掘り出させた。すると、確かに二人の死体はあったものの、そこにはもう一つ、和尚の死体が埋められていた。これは誰だ。県知事らが考え込むうち、大雨がふりだしたので、近くの古寺に駆け込んだ。この古寺には僧侶の姿もなく、荒れはてている。

県知事が部下をやって近隣の者に事情を聴取させると、以前この寺には師弟二人の僧侶が住んでいたが、師匠の僧侶は旅に出、やがて弟子の姿も消えたとのこと。ピンときた県知事は近隣の者を呼び、死体を検証させたところ、まちがいなく師匠の僧侶だという。

清代中期の大文人、袁枚の肖像

県知事がとんでもない誤審

そこで、県知事はさっそく弟子の行方の捜索を始め、弟子がはるか離れた土地で還俗《げんぞく》し、結婚して豆腐屋を開業していることを突き止めた。弟子の妻はもともと師匠の愛人であり、弟子と共謀して師匠を殺したあげく、駆け落ちしたというのが、事の真相だった。

この話では、明敏な県知事が名裁判官包拯《ほうじょう》そこのけの推理力を発揮し、難事件を解決する姿がいきいきと描かれている。一方、『子不語』のなかには、包拯気取りの県知事がとんでもない誤審をする話も収められている。題して「真龍図《しんりゅうと》、仮龍図《にせりゅうと》に変ず」。ちなみに龍図は包拯を指す。

仙遊県《せんゆう》（福建省）の知事宋《そう》某はつねづね自分を包拯に擬していた。この県のある村に、王監生《おうかんせい》（監生は国子監すなわち国立大学の学生）という者がおり、小作人の妻と愛人関係になった。亭主の小作人が邪魔になった王監生は、小細工を弄《ろう》して小作人に金をやり、遠方へ行商に行かせた。小作人はそのまま三年も帰郷せず、村ではきっと王監生が殺したのだとうわさしあった。

これを聞きつけた宋某がある日、その村に立ち寄ったところ、とある井戸からつむじ風が舞い上がった。これは変だと、井戸をさらわせると、なんと腐爛《ふらん》した男の死体が出てきた。小作人の死体に相違ないと思った宋某は、王監生と小作人の妻を拷問にかけて、小作人を殺したことを認めさせ、さっさと死刑にしてしまった。以来、宋某は「宋龍図」と呼ばれ、県内の村々ではこの事件を芝居にして上演し、その名裁判官ぶりをたたえたのだった。

それから一年。殺されたはずの小作人が行商からもどり、芝居を見て妻が処刑されたことを知るや、激怒して上級機関に訴え出た。かくして、宋某は誤審のかどで処罰され、村の者たちは歌を作って、「真龍図、仮龍図に変ず」とはやしたてたのだった。

井戸のなかの腐爛死体の主も、けっきょくわからずじまい。さすが官僚社会の裏表を知り尽くした袁枚ならでは、思いあがった官僚を揶揄《やゆ》した辛口の佳作というべきであろう。

第五十五話

幽霊騒ぎ

清代中期、袁枚《えんばい》とほぼ同時代人の紀昀《きいん》（一七二四―一八〇五）は、古今の書物を収集・選別した、大叢書《そうしょ》「四庫全書《しこぜんしょ》」編纂《へんさん》の総括責任者をつとめた大官僚だった。彼は大の怪《かい》異譚《いたん》好きであり、自ら大怪異譚集『閲微草堂筆記《えつびそうどうひっき》』を著したことで知られる。この『閲微草堂筆記』にも、短編ミステリー風の作品がまま収められている。一つ例をあげてみよう。

献《けん》県の淮鎮《わいちん》（河北省）に馬《ば》氏という人物がいた。ある日を境に、この馬氏の家に突然、奇妙なことが起こるようになった。石や瓦が投げ込まれたり、幽霊の泣き声がしたり、急に火が出たりする状態が一年以上もつづいたため、音をあげた馬氏はこの家を人に貸し、引っ越して行った。しかし、事態は変わらず、借家人もおびえて次々に出て行き、とうとう空き家になってしまった。

その後、ある老学者がオバケなんか怖くないと、安値でこの家を買い取り、移り住ん

清代の幽霊のイメージ（羅聘作「幽趣図巻」より）

その正体は…著者のセンス光る

だところ、パタリと怪異現象はやんだ。人々が「老先生の人徳がオバケに勝ったのだ」と感心しているうち、この家に泥棒が入り、老学者と口論になった。なんと老学者はこの泥棒に金を出して、毎晩、奇妙な騒ぎを起こさせ、持ち主が捨て値でこの家を売らざるをえないよう、しむけたのだった。泥棒がもっと報酬をよこせとねじこんできたため、老学者の浅はかな陰謀があかるみに出たというしだい。

なかなかユーモラスな味わいのある小品だが、『閲微草堂筆記』には、このほかにも怪異感覚とユーモア感覚を織りまぜた興趣あふれる話が見られる。たとえば次のように。

制府（州や県の長官を監査する総督）の唐執玉《とうしつぎょく》が、ある殺人事件の最終審理にあたったときのこと。夜中にかすかな泣き声がするので、戸をあけると、なんと血を浴びた幽霊が庭先にひざまずいているではないか。幽霊は深々とお辞儀をして、「私を殺した真犯人は某です。今、審理されているのは別人です」と言うや、土塀を乗り越えて姿を消した。

翌朝、証人を集めて尋問したところ、殺された者の服装は確かに夜中の幽霊と一致している。そこでさっそく唐執玉は幽霊が証言した某を逮捕し、事件の調査を担当した地方役人の決定をあっさりくつがえして、真犯人と断定しようとした。

しかし、唐執玉の幕僚は納得がいかず、幽霊が消えた状況をくわしくたずねた。すると、唐執玉は「幽霊はひらりと土塀を乗り越えて逃げた」と言うではないか。幕僚は「幽霊はすっと消えるものです。ひらりと土塀を乗り越えたりしません」と言い、土塀を調査するよう進言した。調べてみると、案の定、土塀の上に泥のついた足跡があり、それがずっと塀の外までつづいていた。殺人犯が某に罪をなすりつけるべく、泥棒に金をやり、幽霊の真似をさせたというのが、事の真相だった。

ニセ幽霊を素材とするこの二つの話は、いずれも著者紀昀のひねりのきいたセンスのよさが光る、極上の短編ミステリーといえよう。

第五十六話

身代わり騒動

清の藍鼎元《らんていげん》（号は鹿洲《ろくしゅう》。一六八〇―一七三三）の手になる『鹿洲公案《ろくしゅうこうあん》』は、「公案物」のジャンルにおいて、すこぶる異色の作品である。というのも、『包公案』などの公案小説集が虚構の産物であるのに対し、この『鹿洲公案』は、著者の藍鼎元が雍正《ようせい》五年（一七二七）から約二年間、潮陽《ちょうよう》県（広東省）の知事をしていた期間に、実際に扱った裁判事件の記録、すなわち実録なのである。ここに収められた二十三篇の事件記録はまさに「事実は小説よりも奇なり」、奇想天外の面白さにあふれている。一つ例をあげてみよう。題して、「死せし丐《ものごい》、妻子を得ること」。

潮陽県の某地区で自警団長をつとめる鄭侯秩《ていこうちつ》の妻、陳《ちん》氏から知事の藍鼎元のもとに、夫が蕭邦武《しょうほうぶ》ら五人の商人から暴行を受けて河へ飛び込み、その溺死体《できしたい》があがったと、訴えがあった。聞けば、蕭邦武はもぐりの商売をして脱税したさい、鄭侯秩に摘発されたため、深く恨んで報復したとのこと。

藍鼎元の肖像

事実は小説よりも奇なり

藍鼎元はさっそく容疑者の蕭邦武ら五人を召喚したが、いずれも実直そうで、とてもそんな暴力沙汰をおこすようには見えない。そこで、役所に鄭侯秩の死体を運び込ませ、検分したところ、納得がいかない点が多々でてきた。第一に、訴えによれば、河に飛び込んでからまだ十日もたっていないのに、誰か見分けがつかないほど顔が腐爛《ふらん》している。

さらに、容疑者の蕭邦武ら五人の家は泥棒に入られたことがあり、自警団長の鄭侯秩を督励して、早急に泥棒を逮捕してもらいたいと、前任の知事に嘆願していたことも判明した。どうやら鄭侯秩は裏で泥棒団と取引し、見て見ぬふりをしてきたらしい。

ピンときた藍鼎元は、死体を運んで来た息子の鄭阿伯《ていあはく》に、「これはおまえの父ではなかろう」ときめつけた。鄭阿伯は「死体は水中にあったから、早く腐蝕《ふしょく》したのです」と、弁舌さわやかに抗弁したかと思うと、母の陳氏とともに死体にすがりついて泣き崩れた。彼らの姿は悲痛をきわめ、見る者がもらい泣きするほどだった。しかし、藍鼎元は「やりすぎだ」と、ますます疑いを深めたのだった。

そこで、藍鼎元は蕭邦武ら五人の容疑者を呼び出し、こう命じた。「このままでは殺人犯にされてしまうぞ。自警団長の鄭侯秩は、私が知事になって取り締まりが厳しくなったため、悪事が露見するのを恐れ、身代わりの死体を置いて逃げたのだ。生きているにきまっているから、捜し出せ」。三日後、主犯とみなされた蕭邦武が県外にひそんでいた鄭侯秩を発見、役所に突き出した。なんと鄭侯秩一家は共謀し、死んだ物乞《ものごい》を利用して一芝居打ったのだ。かくして、鄭侯秩は刑を科せられ、積み重ねた悪事のツケをきっちり払わされて、この身代わり死体騒動は一件落着となった。

この話には、包拯《ほうじょう》そこのけの推理力を駆使して、悪徳地方ボスを恐れ入らせる剛直な地方長官の姿が活写されている。これぞまさしく清代社会派ミステリーといえよう。

第五十七話

神様はおしゃべり

十八世紀初頭の清代、潮陽県《ちょうようけん》（広東省）の知事だった藍鼎元《らんていげん》の著した裁判実録『鹿洲《ろくしゅう》公案《こうあん》』には、重婚をテーマとする話がいくつか見える。「三山王《さんさんおう》は多口《おしゃべり》」もその一つである。

ある日、陳阿功《ちんあこう》という男から娘が行方不明だと訴えがあった。真相究明に乗り出した知事の藍鼎元が、陳阿功を尋問すると、阿功は「娘の勤娘《きんじょう》は隣村の林阿仲《りんあちゅう》と結婚してこのかた、姑《しゅうとめ》の許《きょ》氏から実家が貧乏だといじめられています。娘は一か月ほど里帰りし、確かに婚家先にもどりましたのに、先方では帰っていないといっております。きっと殺されたか、売り飛ばされたに相違ありません」と答えた。

そこで姑の許氏を呼び出し尋問したところ、許氏は、嫁の勤娘は里帰りしたきりもどっていないと、きっぱり断言した。のみならず、腹黒い陳阿功が勤娘をよそに売り飛ばそうと画策し、まず煙幕を張って婚家先に因縁をつけたにちがいないと主張して譲ら

民間信仰の神像「鍾馗《しょうき》」（中国の年画より）

小悪党の弱みを見抜き解決

ない。

勤娘の実父陳阿功の供述に、あいまいな点があるとみた藍鼎元は、勤娘が婚家先に帰ったときの状況を、さらにくわしく追及した。すると、陳阿功は、勤娘の弟阿居《あきょ》（十歳）が、姉を実家から三里ほど離れた「三山王廟《さんさんおうびょう》」まで送って別れ、あと婚家先まで七里ほどの道のりを、勤娘ひとりで歩いて行ったという。そこで、弟の阿居を呼んで尋問したが、突っ込んだ質問をすると、ワーワー泣くばかりで、いっこうにラチがあかない。しかし、阿居が三山王廟で勤娘と別れたあと、誰も彼女の姿を見ていないことだけは明らかになった。

怪しいのは陳阿功だと確信をもった藍鼎元は、阿功を呼びつけて詰問したが、シラを切るばかり。手を焼いた藍鼎元はこの地方の者が土地神である三山王のお告げを畏怖《いふ》していることを思い出し、「勤娘が三山王廟の前を通った以上、三山王は何もかもお見とおしだ。そのお告げにしたがって、明日もう一度、取り調べるぞ」と、厳《おごそ》かに陳阿功に申しわたす。

翌日、藍鼎元が陳阿功に向かって、三山王から「陳阿功が娘をよそに売り飛ばしたことは明白だ」と、お告げがあったというと、阿功は震えあがり、銀三両の結納金を受け取って、勤娘を別の県の李家へ重婚させたことを認めた。かくして、藍鼎元は、結納金を返却し、勤娘を連れもどすまで、陳阿功に首枷《くびかせ》をはめ、市場にさらす決定を下した。

二か月後、陳阿功が勤娘の先の夫林阿仲に、六両の賠償金を払うことで示談が成立、勤娘は李家にとどまることとなり、この重婚騒動はようやくけりがついた。この間、首枷をつけたままの状態がつづき、すっかり衰弱した陳阿功は、妻に向かって「神様があんなにおしゃべりだとは思わなかった」と、つい愚痴をこぼしたという。落語もどきのオチのついたこの話は、示談成立後、藍鼎元が陳阿功を釈放したところで、閉幕となる。

ずるい小悪党と対決し、弱みを見抜いて責め立てる、地方長官藍鼎元の辣腕《らつわん》ぶりが、なんとも鮮烈な印象を与える一編である。

第五十八話

名裁判官　袁枚

怪異譚集《かいいたん》『子不語《しふご》』を著した袁枚《えんばい》（一七一六―一七九七）は、二十四歳で科挙に合格したものの、けっきょく官僚社会になじめず、三十七歳で早々と引退し、以後、八十二歳で死ぬまで、無位無官の文人生活をつづけた人である。その実、彼は官僚としてもすこぶる有能であり、裁判事件の扱いにすぐれていた。とりわけ、乾隆《けんりゅう》十年（一七四五）から足かけ四年にわたって、江寧県《こうねい》（江蘇省《こうそ》南京市）の知事をつとめたさいには、しばしば難事件を解決し、住民の絶賛を博したという。

清代後期の怪異譚集『志異続編《しいぞくへん》』（宋永岳《そうえいがく》著）に、そんな袁枚の名裁判官伝説をもとにした短編ミステリーが収められている。題して「袁枚、物を審《しら》べて奸人《はんにん》を擒《とら》う」。

妻を亡くした仕立て職人がおり、美しい一人娘を大切に育てていた。ところが、ある日、仕事で遅くなり帰宅してみると、なんと娘が惨殺されているではないか。娘は纏足《てんそく》用の布で椅子に縛りつけられて絞殺されており、そばに娘が嚙《か》み切ったとおぼしい、何

芝居気たっぷりに難事件解決

行商人
（上はお茶売り、下は卵売り『北京民間風俗百図』）

者かの舌の半分が落ちている。仕立て職人の訴えを受けた県役所は、まもなく舌を嚙み切られた行商人を発見、逮捕・投獄した。県知事はこの男を犯人と断定し、死刑の判決を下した。

この知事はまもなく転任となり、後任の知事として着任したのが袁枚だった。袁枚は調書を読み、この行商人は殺人事件に関してはシロだと確信する。現場の状況から判断すると、行商人は娘に襲いかかった瞬間、舌を嚙み切られたに相違なく、激痛をこらえて娘を椅子に縛りつけ、絞殺する余裕などあるはずがない。そう考えた袁枚は行商人を釈放し、椅子や纏足用の布など犯行に用いられた道具を徹底的に調べてから、立て札を出し、教練場に住民を集めて公開調査を実施することにした。

その当日、住民がひしめきあう教練場に、一発の大砲が鳴り響いたかと思うと、ガチャンと大門が閉まった。と、袁枚が芝居気たっぷりに宣告した。「昨夜、神のお告げがあった。娘の纏足用の布を柱に巻きつけ、皆の者にこれをさわらせてから退出させよ。犯人がさわるとこの布がしっかり巻きつくだろう、とな」。言いおわると、順番に布をさわらせた。みな平然とさわったにもかかわらず、さわる前からブルブル手をふるわせている二人の若者がいる。袁枚が命令一下、下役にこの二人を捕まえさせると、たちまち震えあがり、仕立て職人の娘殺しを白状したのだった。

彼らの自供によれば、仕立て職人の留守に行商人が来て、糸を買おうとした娘に戯《たわむ》れかかったところ、怒った娘に舌を嚙み切られ、あわてて逃げ出した。そのあと、娘が門も閉めず呆然《ぼうぜん》と座り込んでいた隙《すき》に、この二人が押し入り、またまた戯れかかろうとしてはげしく抵抗され、とうとう殺してしまったとのこと。

怪異譚マニアでミステリー趣味も旺盛な袁枚が神のお告げまで持ち出して、錯綜《さくそう》した難事件を解決したという、いかにも中国古典ミステリーらしい展開の話だといえよう。

第五十九話

盗賊団始末記

洋の東西をとわず、殺人と盗難はつねにミステリーの主要なテーマである。清の道光《どうこう》年間（一八二〇―一八五〇）、陸長春《りくちょうしゅん》なる人物が著した怪異譚集『香飲楼賓談《こういんろうひんだん》』にも、なかなか凝った盗賊の話が収められている。題して、「顧捕役《こほやく》、偵《さぐ》りて奸盗《かんとう》を獲《とら》う」。

武進《ぶしん》県（江蘇省）ではここ数年、盗賊団が横行し、何軒もの富豪の家が被害にあった。しかし、盗賊団は神出鬼没でいっこうに正体がつかめない。あせった県知事は捕役（犯罪者の逮捕にあたる役人）たちの妻子を投獄し、「期限内にやつらを逮捕せよ。さもなくば、妻子を獄から出さないぞ」と、おどしつけた。

ここに顧という捕役がいた。顧捕役は必死になって頭をはたらかせ、県内の怪しい人物に目星をつけた。それは、荘《そう》という家の三人兄弟だった。凶暴なこの兄弟は、「荘氏三虎」と異名をとる界隈《かいわい》の鼻つまみ者であり、その家には怪しげな男たちも出入りしている。荘家が盗賊団の根城にちがいない。そう考えた顧捕役は、大胆にも荘家に忍び込

盗賊の襲来を描いた絵
（清末・呉友如作「古今談叢二百図」より）

棺の中に金銀財宝の山

み、天井裏から室内のようすをうかがうという挙に出た。

天井裏からのぞいてみると、あかあかと灯火がともされた座敷のまんなかに棺《ひつぎ》が置かれ、数人の者がこれを取り囲んでいる。しかし、誰ひとり悲しんでいる者はおらず、みなうれしげに笑みを浮かべているではないか。これは変だ。ピンときた顧捕役は翌日、物乞《ものごい》に変装して荘家を訪れ、召し使いに事情をたずねた。すると、半月前、荘兄弟の叔父が死んだけれども、亡骸《なきがら》はすでに埋葬ずみだとのこと。

棺のなかが怪しいとにらんだ顧捕役はこの旨、県知事に報告した。県知事はさっそく武装兵を率いて、顧捕役ともども荘家に乗り込んだ。荘兄弟は頑として棺の蓋《ふた》をあけることを拒否したが、顧捕役が責任はとると請け負い、ようやく蓋をあけることを承知した。ところが、いざ蓋をあけて中をみると、そこにあったのはやっぱり老人の白髪頭。それ見たことかと荘兄弟はとたんに居丈高になり、顧捕役に殴りかかるやら、大変な騒ぎになった。

しかし、顧捕役はどうしても疑念を捨てきれず、隙を見て死体をおおう衣服と布団をパッとめくった。と、そこにあったのはおびただしい金銀財宝の山。すべて盗賊団が奪ったお宝である。盗賊団捜査が厳しくなり、盗品の隠し場所に困った荘兄弟は、なんと半月前に死んだ叔父を納めた墓をあばき、その首を切り取って棺に入れ、身体の部分に盗品をぎっしり並べたというしだい。

この結果、荘氏三兄弟は御用となり、彼らと結託していた十人余りの盗賊も芋づる式に逮捕されて、一同死刑に処せられ、この事件は一件落着となった。

唐代伝奇小説以来、盗品の隠し場所をめぐり、盗賊と探偵役の役人が知恵をたたかわせる話はしばしば見られる。死人の首を切り取って偽装工作をするということの話は、すこぶる手がこんでおり、こうした盗難物ミステリーの爛熟《らんじゅく》したかたちを示すものといえよう。

第六十話 強盗事件の裏に

清末の古典学者兪樾《ゆえつ》（一八二一―一九〇六）は、考証学の大家として知られる人物である。兪樾は古典研究にいそしむ一方、『耳郵《じゆう》』と題する筆記小説集（随筆および短編小説のアンソロジー）を著しており、このなかには、興趣あふれるミステリー仕立ての短編小説も収められている。一つ例をあげてみよう。「黠僕婦《かつぼくふ》、裏で外盗と通ず」という話である。ちなみに「黠僕婦」はずる賢い下女の意。

首都北京の財産家の官僚が、昌平州《しょうへいしゅう》（北京市郊外）出身の下女を雇った。この下女はたいへん利口だったので、財産家夫人はすっかり気に入り、彼女に金銀財宝の隠し場所まで教えるに至った。ところが、ある夜、この家に六人組の強盗が押し入った。他の下僕や下女は仰天して逃げたが、なぜか利口な下女だけが逃げ遅れ、強盗に捕まってしまった。

このとき、主人の官僚は不在だったが、強盗団の頭目は下女の首に刀を突きつけなが

馬車に乗った女性（『中国民間伝統節日』より）

利口な下女が
ひそかに手引き

ら、手下に向かって命じた。「奥方を縛りあげろ」。これを聞いた下女が涙ながらに言うことには、「私が身代わりになりますから、奥様には手荒なことはしないでください」。頭目は金銀財宝のありかを教えるなら、奥さんには手を出さないと約束した。

下女が口ごもると、頭目が刀をふりあげ威嚇《いかく》したため、震えあがった下女は、数か所に分けてある金銀財宝の隠し場所を洗いざらい教えてしまった。大満足で盗賊団が引き上げたあと、官僚夫人は下女にねぎらいの言葉をかけたが、下女はまっさおな顔をして、ただ「おったまげた」と言うばかりだった。

やがて主人が帰宅し、事件の一部始終を聞いたあと、やはり下女にねぎらいの言葉をかけたものの、内心、ふと疑惑を抱いた。いくら強盗に脅かされたとしても、なぜ洗いざらい隠し場所を教えたのだろうか。なぜ強盗は大勢の召し使いのうちで、彼女だけ捕まえたのだろうか。考えれば考えるほど、主人の胸のなかで、疑惑が膨らむばかりだった。

事件の三日後、下女は体調がわるいと暇をとった。主人は退職金を与えたうえで、馬車を呼び故郷の昌平州まで乗って行くよう申しつける一方、ひそかに下僕にあとをつけさせた。下女は城門を出るとすぐ主人が呼んでくれた馬車を返し、別の馬車を雇って昌平州に向かい、ある家の門前で下車した。門前には数人の男が笑いながら出迎えており、下女も笑いながら連れ立って家の中へ入って行った。

ここまで見届けた下僕は役所に駆け込み、役人とともにその家に突入した。そのときちょうど、男たちと下女は、官僚の屋敷から強奪した金銀財宝を分けている最中だった。なんとかの利口な下女は、強盗団の手引きだったのだ。かくして、下女と強盗一味はあっさり一網打尽になったというしだい。

考証に明け暮れる謹厳な大学者の兪樾さえ遊戯精神たっぷり、暇さえあればこんなミステリーや怪異譚を著しては楽しんでいたのだから、伝統中国の学者は本当に隅に置けない。

第六十一話

墓前で泣く女

中国の古典ミステリーには、まったくあきれるほど「道ならぬ恋」、端的にいえば不《ふ》倫姦通《りんかんつう》が犯罪の動機になる話が多い。清の劉世馨《りゅうせいけい》（生没年不詳）の手になる短編小説集『粤屑《えつせつ》』に見える、「新興《しんこう》の宰、私《ひそ》かに訪ねて実を獲ること」もその一つである。

新興県《しんこう》（広東省）の県役人《やくにん》の李《り》公は、ある日、墓の前で声をあげて泣く若い女性をみかけた。悲嘆にくれているにしては、あでやかに化粧しており、どうも変だ。そこで、李公は彼女を県役所に連行し事情を聴取した。すると、彼女は「夫が病死し、今日が四十九日なので墓参に来たのです」と言う。隣近所にたずねると、みなそのとおりだと証言したが、納得できない李公は彼女を拘留しつづけた。

やがて、彼女の隣人たちから上部機関の州役所に、李公が不当拘留をおこなっていると訴えが出された。これを受けた州役所は李公に対し、半月以内に犯罪の立証ができなければ、職権乱用のかどで弾劾すると申しわたす。焦った李公は毎夜ひそかに探索をつ

夫毒殺、先行作品を下敷きに

墓をあおぐ若妻
(「荘子休、盆を鼓いて大道を成すこと」)

づけた。

数日後、李公は探索の途中で雨にあい、とあるボロ家に駆け込んで一夜の宿を借りた。ボロ家には老婆と息子が住んでいたが、李公は易者だと偽って彼らを安心させ、金銭を渡して酒を用意させた。酒をふるまわれ、すっかり酔っぱらった息子は、とんでもないことを言いだした。「李公さまは罪を着せられそうでほんとうに気の毒だ。実は、私は老母を養うため、やむにやまれず泥棒稼業をやっているが、あの女の家に忍び込んだことがある。そのとき、隣村の某が入って来て、あの女といっしょに、病気で寝ている亭主にむりやり毒薬を飲ませて殺したのを、この目で見た」と。

これを聞いた李公は、泥棒の罪が露見すると渋る息子を説き伏せて証人に立て、かの若い女性と愛人の某を逮捕、彼らの犯罪をあばくことに成功したのだった。ちなみに、夫の死体を検証したところ、喉に錫《すず》がつまっており、これが彼らの犯罪の動かぬ証拠となった。

この話のあらましの展開は以上のとおりだが、実のところ、この話はいくつもの先行する作品を下敷きにして組み立てられている。

まず、夫の墓前でウソ泣きをしている若い妻のイメージは、明末に馮夢龍《ふうぼうりゅう》（一五七四一六四六）によって編纂《へんさん》された白話短編小説集『警世通言《けいせいつうげん》』（巻二）に収められた、「荘《そう》子休《しきゅう》、盆《はち》を鼓《たた》いて大道《たいどう》を成すこと」に描かれる、若妻の姿からヒントを得たものであることは、まずまちがいない。ここに登場する若妻は夫の遺言で、再婚してもかまわないが、せめて墓の土が乾くまで待つようにと言われ、早く土が乾いてほしいと、必死になってうちわで墓土をあおぎつづけるのだ。また、病床に伏す夫を愛人と共謀して毒殺するというくだりは、いうまでもなく、『金瓶梅《きんぺいばい》』のヒロイン潘金蓮《はんきんれん》の夫殺しのもじりである。

日の下に新しきものなし。ことほどさように、伝統中国の文学は詩文から小説に至るまで、典故の積み重ねのうえに成立しているのだと、今さらのように感じ入るばかり。

第六十二話　消えた花嫁

中国の古典ミステリーには、死者のよみがえりをテーマとする作品がまま見られる。清末の筆記小説集『閑談消夏録《かんだんしょうかろく》』（外史《がいし》氏著）に収められた「星子県《せいしけん》にて女の棺《ひつぎ》に男の屍《しかばね》ありしこと」も、その一つである。

星子県（江西省）に楊翁《ようおう》という者がおり、一人息子を溺愛《できあい》していた。その一人息子も結婚し、ホッとしたのもつかのま、とんでもない事件がおこる。婚礼の翌日、息子と嫁が起きてこないので、見に行ったところ、なんと嫁はベッドの上で息絶え、息子の姿は消えていたのである。嫁の死体には傷がなく、死因は不明であった。おりしも夏の盛りだったので、死体の腐敗を恐れた楊翁はとりあえず、嫁の死体を埋葬してから、親元に連絡した。

慌てて駆けつけた嫁の父は、楊翁と息子が共謀して娘を殺害し、息子は姿をくらましたのではないかと疑い、県役所に訴え出た。県知事が下役に命じて棺を掘り出し、蓋《ふた》を

オンドルに並んで座る新郎新婦
（『北京風俗図譜』東北大学附属図書館所蔵）

棺のなかには
白髪の老人が……

あけさせたところ、中に入っていたのは、なんと花嫁ならぬヒゲも髪も真っ白の老人の死体。死体の背中には斧《おの》で切られた傷があり、殺害されたに相違ない。死体のすり替えと新たな殺人事件の勃発《ぼっぱつ》に、県知事は茫然《ぼうぜん》としたものの、ひとまず楊翁を逮捕・拘留したのだった。

一か月余りたったころ、楊翁の息子が出頭し、婚礼の夜、花嫁が突然死したため、恐怖に駆られ、つい逃亡してしまったと、事情を説明した。これで楊翁は釈放されたが、花嫁の死体の行方もわからず、真相が解明できないため、代わりに楊翁の息子が投獄された。

それからまた約一か月後、楊翁は所用で近辺の建昌《けんしょう》県に出かけた。その途中、河のほとりで洗濯をしている女性の姿が目に入ったが、どう見ても息子の嫁にそっくりだ。そこで楊翁は思いきって問いかけた。「あんたは人間か、それとも幽霊か」。すると、彼女は泣きながら、主人が留守だからと、楊翁を自分の住処《すみか》に誘い、事ここに至った事情を語った。

実は、彼女は埋葬された直後に生き返り、大声で助けを求めたところ、たまたま建昌県で大工をしている叔父と甥《おい》の二人連れが通りかかり、墓をあばいて助けてくれた。それはよかったのだが、彼女に一目惚《ぼ》れした甥が家に連れて帰ると言いだし、反対する叔父とケンカになった。カッとした甥は斧で叔父を切り殺してしまい、死体を棺に入れて埋めるや、彼女を連れて建昌県に逃げもどったとのこと。

これを聞いた楊翁が彼女を連れて逃げようとしたとき、運悪く甥の大工が帰ってきた。三人は大声で罵《ののし》りあい大騒ぎになったが、幸い何事かと近隣の人々がドッと集まって来たため、一同うちそろって甥の大工を県役所に突きだすことができた。この結果、投獄されていた楊翁の息子は無罪放免、帰ってきた花嫁とめでたく元の鞘《さや》に収まることになり、この錯綜《さくそう》した事件はようやく一件落着となった。

棺の主が花嫁から白髪の老人にすりかわる物語展開に、読者の意表をつく、なんともすっとぼけたコミカルな味わいのある作品だといえよう。

第六十三話

公案・武俠小説の誕生

これまで十五回にわたり、明末清初、蒲松齢《ほしょうれい》の著した怪異譚集『聊斎志異《りょうさいしい》』を皮切りに、清末に至るまで、筆記《ひっき》小説集にみえる短編ミステリーをとりあげてきた。これらの筆記小説はすべて文言《ぶんげん》（書き言葉）で記されたものである。実は、筆記小説に関しては、このジャンルが盛んになった十二世紀の南宋《なんそう》以来、ことに形式上、目立った変化は見られない。

これに対して、明末の『包公案』に端を発する、白話《はくわ》（話し言葉）で書かれた公案（事件）小説のジャンルは、清代中期以降、内容・形式ともに大きく変化する。内容的には、明末の公案小説が、包拯《ほうじょう》のように超能力をもつ名裁判官の活躍に焦点を絞るのに対し、清代中期以降の公案小説は、清廉潔白な官吏（清官）と俠気《きょうき》と武勇にあふれる豪傑（武俠）が、協力して難事件に立ち向かうという展開が中心になってゆく。すなわち、「公案小説」が「公案・武俠《ぶきょう》小説」へと変貌するのである。

現行の『彭公案』（一九九四年、天津古籍出版社刊）

清代中期に内容・形式が変化

形式的には、明末の公案小説がすべて短編であるのに対し、清代中期以降の公案・武俠小説はすべて章回形式（第一回、第二回と鎖状に章回を連ねてゆく形式）による長編小説のスタイルをとる。

こうした公案・武俠長編小説のはしりとなったのは、嘉慶《かけい》三年（一七九八）に初版本が刊行された（初版刊行年については諸説あり）、『施公案《しこうあん》』（全九十七回）である。この作品は清朝初期（康熙《こうき》帝の時代）の清官である施仕倫《ししりん》が、武俠の黄天覇《こうてんは》らの協力を得て、次々に凶悪犯、悪辣《あくらつ》な地方ボス、強権をふるう王朝関係者等々と戦い、彼らの罪をあばく顚末《てんまつ》を描く。武俠が大活躍する活劇的要素を盛り込んだ『施公案』の人気は高く、初版が刊行されてから約百年後の光緒《こうしょ》二十九年（一九〇三）まで、十編の続作が著され、正・続あわせ、なんと五百二十八回の超大作となった。

ちなみに、主人公の施仕倫にはモデルがある。康熙年間（一六六二―一七二二）に活躍した清官の施世綸《しせいりん》（仕倫と世綸は同音）である。『施公案』の作者はこの実在の人物像に虚構の操作を加え、異色のヒーロー施仕倫のイメージを作りだした。『施公案』の主人公施仕倫は剛直な正義派ながら、アバタ面に猫背と風采《ふうさい》はあがらず、武勇の持ち合わせも皆無という具合に、およそ冴えないタイプなのだ。この冴えないヒーローが強くて格好のいい武俠に守られ、難事件を解決するという意外性をおびた物語展開が、広範な読者層の大歓迎を受けたのだった。

『施公案』が起爆剤となり、続々と趣向を凝らした公案・武俠小説が著された。なかでも、しょぼくれた施仕倫とは大違い、堂々たる風格の清官、彭朋《ほうほう》を主人公とする『彭公案』（全百回。光緒十八＝一八九二年に初版刊行）は、『施公案』の影響をもろに受けた作品にほかならない。長らく芝居や公案小説の世界で、トップスターの座を占めつづけた名裁判官包拯も、清末の公案・武俠小説ブームに乗って、長編小説の世界に再登場することになる。その詳細については次に譲ろう。

第六十四話

包拯物語の変遷

十六世紀末から十七世紀前半の明末、数多くの公案短編小説集が刊行された。これらのうち、断然トップの座を占めるのは、北宋の名裁判官包拯《ほうじょう》を主人公とする『包《ほう》（龍図《りゅうと》）公案』である。包拯物語はその後も、語り物の世界で講釈師たちによって語り継がれ、ますます話に尾ひれがついて膨らみつづけた。かくして十九世紀の清末、名講釈師の石《せき》玉昆《ぎょくこん》（一八一〇?—一八七一?）が出現し、膨らみつづけた包拯物語を集大成するに至る。

石玉昆は明末の名講釈師柳敬亭《りゅうけいてい》（一五八七—一六六六以降）と並び称される語りの名手であり、全盛期には千人を超える聴衆を前に、三弦を手に朗々と講釈したとされる。この石玉昆の得意とする演題が連続物の「龍図公案」だった。石玉昆の語った「龍図公案」は、明末の短編小説集とタイトルこそ同じだが、内容・構成はまったく異なるものだった。

やがて石玉昆ファンの間から、名講釈「龍図公案」を文字化する動きがおこり、数人

『三俠五義』に登場する欧陽春（『小五義』より）

語り物を編集、読み物に

が手分けして彼の講釈をせっせと記録するようになった。こうして書きためた膨大な記録を集めて整理・編集した結果、道光《どうこう》年間の後期（一八四〇—一八五〇頃）に、『龍図耳録《りゅうとじろく》』（全百二十回）という長編小説が誕生したとおぼしい。こうした成立までの流れから読みとれるように、『龍図耳録』は石玉昆の講釈を基礎としながらも、歌の部分をすべてカットし、物語構成や文章表現にも手を入れるなどの操作を加え、語り物（講釈）から読み物（長編小説）へとその姿を変えたのである。ちなみに、『龍図耳録』の責任編纂《へんさん》者《しゃ》はいったい誰なのか、今もってわからない。

『龍図耳録』は長らく書写されて流通したのち、光緒《こうしょ》五年（一八七九）、さらにこれを整理・改訂したものが初めて刊行される。タイトルは『三俠五義《さんきょうごぎ》（原題は忠烈俠義伝《ちゅうれつきょうぎでん》）』（全百二十回）。編者は問竹主人《もんちくしゅじん》なる人物だが、むろん仮名であり、詳細は不明である。初版が刊行されて以来、『三俠五義』は大いに流行し、何度も版を重ねた。

その後、ミステリー好きの大学者兪樾《ゆえつ》（一八二一—一九〇六）が、『三俠五義』の荒唐無稽《こうとうむけい》な部分をカットするなど整理を加え、光緒十五年（一八八九）、『七俠五義《しちきょうごぎ》』と題して刊行した。これ以後、『三俠五義』と『七俠五義』は平行して版を重ね、長く読み継がれて、現在に至っている。

『三俠五義』および『七俠五義』は、かの名裁判官包拯が義賊の展昭《てんしょう》・欧陽春《おうようしゅん》・白玉堂《はくぎょくどう》らの全面的な協力を得て、種々の難事件に立ち向かい、強きをくじき弱きを助ける顚末《てんまつ》を、ダイナミックに活写する。物語展開が委曲を尽くして複雑巧妙であること、義賊たちのキャラクターが鮮明に浮き彫りにされていること等々、『三俠五義』および『七俠五義』はまさに清代に出現した公案・武俠長編小説の最高水準の作品にほかならない。この作品の成功の秘密は読み物として改訂に改訂を重ねながら、名講釈師石玉昆の語りの調子、その魅力を生かしつづけたところにあるといえよう。

第六十五話

公案小説の終焉

清末も大詰めに近づいたころ、公案（事件）小説の分野にも新しい動きがおこる。あくまでも公案小説のスタイルによりつつ、「譴責《けんせき》」的内容を盛り込む作品が現れるようになるのである。「譴責」とは退廃した政治や社会風俗をきびしく批判・糾弾することを指す。

こうした譴責・公案小説のはしりとなったのは、光緒《こうしょ》十六年（一八九〇）に刊行された『狄公案《てきこうあん》』（全六十四回、著者不明）である。この作品は、唐初の名臣狄仁傑《てきじんけつ》（六三〇―七〇〇）がお忍びで探訪し、数々の難事件を解決する姿を描く。ここで狄仁傑は、最高権力者である則天武后《そくてんぶこう》の側近や親類の犯罪を次々に摘発し、まさに八面六臂《はちめんろっぴ》の大活躍をみせる。

この『狄公案』が刊行されたころ、アヘン戦争からすでに半世紀が経過し、中国はいやおうなしに世界史の修羅場に引きずりこまれていた。にもかかわらず、依然として西《せい》

『狄公案』の主人公、狄仁傑の像

退廃した政治批判の内容へ

太后《たいこう》（一八三五―一九〇八）が完全に実権を掌握し、大時代的な政治システムにしがみついて贅沢三昧《ぜいたくざんまい》、やりたい放題を重ね、国力は消耗する一方だった。つまるところ、『狄公案』は、狄仁傑の時代の実権者則天武后の名を借りながら、実は、専横をふるう西太后に対して痛烈な譴責を加えた作品だといえよう。

もっとも、こうした政治批判の意図は確かにあるものの、『狄公案』はミステリーとしてもなかなかよくできた作品である。それかあらぬか、日本大使の経験もあるオランダの外交官にして、すぐれた東洋学者のファン・フーリック（一九一〇―一九六七）が、一九四九年、『狄公案』の前半を英訳・刊行したところ、ヨーロッパ各地で大反響を呼んだとされる。ちなみに、フーリックは翻訳のほかに、狄仁傑を主人公とした連作ミステリー、「ディー判事シリーズ」をみずから著してもいる。このシリーズは全部で十六種にのぼり、その代表作は日本語にも翻訳されている。

『狄公案』を皮切りに、続々と刊行された譴責・公案小説のなかで、とりわけ注目されるのは、呉趼人《ごけんじん》（一八六六―一九一〇）が著した『九命奇冤《きゅうめいきえん》』（全三十六回）である。呉趼人は上海を舞台に活躍した職業作家で、代表作としては『二十年目睹《もくと》の怪現状』『痛史』などがあげられる（いずれも譴責小説）。

『九命奇冤』は、大ジャーナリスト梁啓超《りょうけいちょう》の刊行していた雑誌「新小説」に、光緒二十九年（一九〇三）十二月から連載された作品であり、財産争いに端を発した冤罪事件がもつれにもつれ、ついに九人の死者を出す顛末《てんまつ》を描く。ここには、あくどい親類が無力な親類を陥れるべく、策略の限りを尽くして、賄賂《わいろ》をばらまき次々に官僚を味方につけてゆくさまが、鮮烈に浮き彫りにされている。

こうして公案小説のスタイルを借りつつ、清末の退廃した官僚社会を痛烈に批判した、譴責・公案小説の佳作『九命奇冤』をもって、明末の『包公案』以来、連綿と作られつづけてきた中国独特のミステリー様式「公案小説」は、ついに終焉《しゅうえん》を迎えるに至る。

第六十六話 翻訳ブーム

清末から中華民国初期（十九世紀末から二十世紀初め）にかけて、中国では、おびただしい量にのぼる外国の小説の翻訳がなされた。一説によれば、一八七〇年代から、一九一九年（大規模な新文化運動である五・四運動がおこった年）までの約半世紀に翻訳された外国の小説は、短編・長編をおりまぜて二千五百種を超えるという。原著の国籍は千差万別だが、もっとも多いのがイギリス、ついでフランス、ロシア、日本の順になる。

翻訳された作家と作品も文字どおり玉石混淆《ぎょくせきこんこう》だが、イギリスではシェクスピア、スウィフト、コナン・ドイル、フランスでは大デュマ、小デュマ、ユーゴー、ロシアではプーシキン、チェーホフ、ツルゲーネフ、日本では徳富蘆花、黒岩涙香等々、その一端をあげただけでも、いかに多種多様な作家・作品が翻訳の対象となっているか、明らかであろう。

このうち、翻訳・刊行されると同時に大ベストセラーとなったのは、林紓《りんじょ》（一八五二

西洋の探偵小説、圧倒的人気

林紓像

―一九二四）の手になる『巴黎茶花女遺事《ばりちゃかじょいじ》』（一八九八年刊）である。『巴黎茶花女遺事』は小デュマ著『椿姫』の翻訳だが、中国では唐代以来、「妓女《ぎじょ》の恋」は古典小説の重要なテーマであり、その西洋版だということで、読者に受け入れられやすかったせいもあってか、刊行されるや爆発的人気を博した。

ちなみに、翻訳者の林紓はこれを皮切りに、百六十種以上の外国小説（英・仏・米・ロシアなど十一か国の小説）を翻訳・刊行している。そのなかには、デフォー（英）の『ロビンソン・クルーソー』、ハガード（英）の『洞窟《どうくつ》の女王《じょおう》』、セルバンテス（スペイン）の『ドン・キホーテ』等々も含まれる。林紓の翻訳した小説は「林訳小説」と呼ばれ、たいへん人気があった。実は、林紓は外国語が全然できなかったが、いろいろな外国語のできるアシスタントを大勢かかえていた。アシスタントたちが原文に口語訳を付けるのを聞きながら、次々に自分の文章に書き直してゆくというのが、林紓の翻訳作業のスタイルだった。付言すれば、林紓の翻訳はすべて古典的な文言《ぶんげん》（書き言葉）によっている。

こうして「林訳小説」がもてはやされる一方、西洋の「偵探《ていたん》小説（中国では「探偵小説」をこう称する）」の翻訳・刊行も、十九世紀の末からにわかに盛んになって、大勢の読者を獲得、圧倒的人気を博した。この真の意味でのミステリーなるジャンルは、西洋でも近代の産物であり、中国ではむろん十九世紀末まで、そんなジャンルは影も形もなかった。

ただ、これまでずっと紹介してきたように、中国では包拯《ほうじょう》を代表とする名裁判官がもつれた犯罪事件の謎を解く「公案小説」や、複雑怪奇な犯罪の構図を描く「筆記小説」のジャンルが古くから存在していた。こうした作品を読みなれた人々が、大挙して西洋伝来の「偵探小説」の読者となったものと思われる。どんな「偵探小説」が翻訳され、読者の歓迎を受けたか。その詳細は次に譲りたい。

第六十七話　シャーロック・ホームズ熱

西洋の「探偵小説（中国風にいえば偵探小説）」が、中国で最初に翻訳され、活字になったのは、一八九六年のことだった。この年、上海で刊行されていた新聞「時務報《じむほう》」に、柯南・道爾すなわちコナン・ドイルの手になる四篇の探偵小説が、「歇洛克爾唔斯筆記（シャーロック・ホームズ物語）」というタイトルで、連載されたのである。翻訳者は張坤《ちょうこん》徳《とく》なる人物。

前話で紹介したように、外国小説翻訳ブームのきっかけとなった、林紓《りんじょ》訳『巴黎茶花《ばりちゃか》女遺事《じょいじ》（椿姫）』は、一八九八年に刊行されている。実は、これに先立つこと二年、すでに上記のような形で、コナン・ドイルの作品が翻訳・発表されており、いかに中国において探偵小説の翻訳が早かったか、わかろうというものだ。ちなみに、日本でコナン・ドイルの作品の翻訳がなされたのは、中国語訳が出た三年後の一九〇一年である。

これ以後、中国ではアメリカの埃徳加・愛倫・坡（エドガー・アラン・ポー）の諸作品や、

一九一六年には全集刊行の快挙

二十世紀初めの中国で人気を博した
シャーロック・ホームズ
（シドニー・パジェットのさし絵、一八九三年）

フランスの瑪麗瑟・勒白朗（モーリス・ルブラン）の亜森・羅苹（アルセーヌ・ルパン）物をはじめ、各種各様の探偵小説が翻訳されたが、断然トップの座を占めたのは、やはりコナン・ドイルのホームズ物だった。コナン・ドイルがさかんにホームズ物を執筆し、イギリスで人気を博したのは、一八九〇年代以降だが、中国ではほぼ同時代的に次から次へとこれらの作品が翻訳・刊行された。

この結果、一九一一年に最後の王朝清が滅亡、その翌年に中華民国が成立した四年後の一九一六年、上海中華書局から『福爾摩斯偵探案全集（ホームズ探偵全集）』が刊行され、ほぼすべてのホームズ物を網羅的に翻訳・収録する快挙が成し遂げられた。翻訳者の主要メンバーには、厳独鶴《げんどくかく》・程小青《ていしょうせい》・劉半農《りゅうはんのう》らが名を連ねている。

ただ、この一九一六年版全集において、翻訳の文体として用いられたのは、伝統的な文言《ぶんげん》（書き言葉）であった。やがて、この文体はいかにも古色蒼然《こしょくそうぜん》としており、ホームズ物の翻訳には不適切だとみなされ、一九二七年、やはり程小青らが中心となって、一九一六年版に収録されたホームズ物の全作品を白話《はくわ》（口語）で改訳したものが、世界書局から刊行され、ますます多くの読者を獲得した。

こうして十九世紀末から二十世紀初めにかけて、中国でホームズ物が大流行したのに比べ、同時代の日本ではこれほどホームズ物がもてはやされた形跡はない。名裁判官の活躍を描く公案小説を読みなれた中国の読者には、もともと名探偵シャーロック・ホームズの活躍するコナン・ドイルの探偵小説を、すんなり受け入れる素地があったということだろう。

ホームズ物に読みふけりながら、中国の読者は西洋の風俗や制度にふれ、いつしか異文化体験を深めていった。こうしてみると、探偵小説の翻訳が、中国の近代に与えた影響も、どうしてけっして小さくはないといえそうだ。

第六十八話

最初の偵探作家

十九世紀末から二十世紀初めにかけて、外国小説の翻訳ブームがおこり、コナン・ドイルのシャーロック・ホームズ物を中心に、外国の探偵小説もさかんに翻訳・刊行されたことによって、中国ミステリーの系譜も大きく転換した。こうした状況のもと、外国ミステリーの表現方法を自家薬籠中《じかやくろう》のものとしながら、新たな中国ミステリーの世界を構築したのが、程小青《ていしょうせい》（一八九三―一九七六）である。

程小青（本名は程青心）は上海の出身。幼にして父を失い貧困のなかで成長、十余歳で上海の時計屋に勤める。徒弟奉公のかたわら、独学をつづけた程小青は、十六歳のころから小説を書きはじめ、雑誌『小説月報』に投稿するうち、高い評価を受けるようになる。

一九一五年、蘇州の某中学校の臨時教員となるが、ここで幸いにもアメリカ人英語教師と知り合い、英語の特訓を受けることができた。語学的センスに恵まれた程小青はま

一九三〇年代に建てられた映画館「南京大戯院」（上海）

ホームズ物に学び「近代化」

たたくまに英語をマスターし、翌年、早くも『福爾摩斯偵探案全集（ホームズ探偵全集）』（上海中華書局）の翻訳を分担した。こうしてホームズ物の原作と出会ったことにより、程小青は中国最初のそして最大の、「偵探作家（探偵作家）」の栄誉をになうこととなる。

程小青の代表作「霍桑探案《かくそうたんあん》」は、中国版シャーロック・ホームズともいうべき名探偵霍桑とワトソン役の助手包朗《ほうろう》が、数々の難事件を解決する趣向のシリーズである。このシリーズの最初の作品は、一九一九年の「江南燕《こうなんえん》」だが、以来、一九四九年の中華人民共和国の成立まで三十年にわたり、「輪下血」「白衣怪」「夜半呼声」「舞宮魔影」等々、つごう三十種の霍桑物が刊行された。「霍桑探案」は超人気シリーズであり、「霍迷《フオミー》（霍桑マニア）」と呼ばれる熱狂的ファンを生んだ。

公案小説を中心とする中国の古典ミステリーが、ともすれば包拯《ほうじょう》など名裁判官の神秘的な超能力を呼び物とするのに対し、程小青の「霍桑探案」は、きわめて理性的な探偵である霍桑が指紋照合などの「科学捜査」と綿密な調査によって、犯人にたどりつく経緯をスリリングに描く。ちなみに、程小青は一九二〇年代の中頃、通信教育ながら、アメリカの某大学の「犯罪心理学」等の講座を受講したこともあり、犯罪学理論にも精通していた。

こうして「偵探作家」程小青の登場により、中国ミステリーの世界は画期的な変化を遂げ、もののみごとに「近代化」されたといえよう。「近代化」といえば、程小青は映画とも関係が深く、一九三〇年代、上海友聯《ゆうれん》影片公司などの依頼により三十種以上の脚本を執筆、しばしば主題歌の作詞もしている。

恵まれた前半生に比べ、誠実な程小青にとって、その晩年はあまりにも過酷《かこく》なものだった。彼は一九六六年から始まった文革の渦中で批判にさらされ、困窮のなかで死去したのである。近年、『霍桑探案集』（全六冊）が刊行され、再評価の動きがおこっていることは、せめてもの慰めというべきであろう。

第六十九話

舞宮魔影（上）

中国最初の「偵探作家」程小青《ていしょうせい》の代表作は、名探偵霍桑《かくそう》を狂言回しとする、連作ミステリー「霍桑探案」である。三十種にのぼる「霍桑探案」のうち、最高傑作といえば、中編ミステリー『舞宮魔影《ぶきゅうまえい》』に指を屈するだろう。

ちなみに、程小青の作品集は入手困難であり、たまたま手元にある四冊本の『程小青文集——霍桑探案選』（一九八六年、中国文聯《ぶんれん》出版公司刊）に、頼るしかない状態だ。『舞宮魔影』は上記の第二巻に収録されているが、初出（発表媒体、年月）は不明である。しかし、内容からみて一九二〇年代から三〇年代にかけて執筆・発表されたことは、まずまちがいない。

『舞宮魔影』には霍桑の助手包朗《ほうろう》は登場せず、事件が解決したのち、霍桑の日記をもとに、包朗が事件の全貌を記述したというかたちで、物語が展開されている。

『舞宮魔影』の舞台は一九二〇、三〇年代、上海の豪華なダンスホール「広寒宮舞場《こうかんきゅうぶじょう》」。

『程小青文集』第二巻（中国文聯出版公司刊）

柯秋心を殺したのは誰か

トップダンサーの柯秋心《かしゅうしん》は容姿端麗、ダンスも抜群に上手だが、無理がたたって結核にかかっている。柯秋心のファンは多いが、目下とりわけ熱を上げているのは、さる紡績工場支配人の賈三芝《かさんし》と小説家の楊一鳴《よういつめい》である。成金の賈三芝はうさん臭い人物で、暗黒社会ともつながりがある。一方、楊一鳴は画家の潘愛美《はんあいび》と結婚したばかりだが、新婚旅行の途中、一週間ほど上海に滞在するうち、すっかり柯秋心に魅せられ、新妻そっちのけで、このところ毎晩、広寒宮舞場に通いつめている。

このほか、柯秋心の周囲には、広寒宮舞場の凄腕《すごうで》支配人の胡少山《こしょうざん》、柯秋心の従兄《いとこ》でマネージャー格のこれまたやり手の王百喜《おうひゃくき》、ライバルダンサーの徐楚玉《じょそぎょく》など、一癖も二癖もある連中が顔をそろえている。柯秋心が心を許せるのは、彼女の体を気づかってくれる、忠実な召し使いの厳小蓮《げんしょうれん》だけだ。

ある夜、広寒宮舞場で華麗なダンスを披露している最中、柯秋心ははげしく咳きこみ、踊りつづけることができなくなる。これを見て心を痛めた小説家の楊一鳴は、こんな生活をつづけるべきではないと彼女に忠告し、なんと自分たちの新婚旅行に同行して、保養地へ行こうと誘う。すると、柯秋心は「本気でそんなことを言うなら、約束の証拠にあなたの結婚指輪を私に貸して。明日、必ず返すから」と迫り、楊一鳴はやむなく指輪をわたす。

まもなく柯秋心は厳小蓮を連れ、広寒宮舞場の近くにある自宅に帰って行った。午後十一時半ごろのことである。約一時間半後の午前一時すぎ、どうにも柯秋心の病状が気になる楊一鳴は、意を決して彼女の家を訪れた。しかし、ベルを鳴らしても誰も出て来ない。ドアに鍵はかかっておらず、そっと屋内に入り、客間まで来たとき、驚くべき光景が目に入った。ピストルで胸を打ち抜かれた柯秋心が、朱に染まって息絶えていたのである。

絶体絶命の状況に置かれた楊一鳴はどうなったか。柯秋心を殺したのは誰か——。

第七十話

舞宮魔影（中）

前話で、程小青《ていしょうせい》の『舞宮魔影《ぶきゅうまえい》』をとりあげ、広寒宮舞場のトップダンサー柯秋心《かしゅうしん》が自宅の客間で射殺され、彼女の家を訪れた小説家の楊一鳴《よういつめい》が、死体を発見したところまで述べた。

このままでは自分が疑われる。慌てた楊一鳴が立ち去ろうとしたとき、玄関のベルが鋭く鳴りわたり、誰かが中へ入ってくる気配がした。とっさにソファのかげにうずくまった瞬間、死体を発見した男は、「小蓮《しょうれん》、小蓮」と、召し使いの厳小蓮の名前を呼んだ。その声の主は、柯秋心の従兄王百喜《おうひゃくき》であった。

隙《すき》をみて、楊一鳴が外へ逃げ出した直後、医師の周文柏《しゅうぶんはく》が往診に来た。周文柏が死体を調べている間に、王百喜が警察に通報、まもなく北区警察署長の余桐《よとう》が私立探偵の霍《かく》桑《そう》をともない現場に駆けつけた。入念な現場検証の結果、凶器のピストル、折れたトルコ煙草《たばこ》、白いハンカチ、踏み砕かれたビロードの小箱、絨毯《じゅうたん》に残ったハイヒールの跡な

一九三〇年頃の上海（上海バンド）

殺人犯は？
さらに深まる謎

ど、事件に関係のありそうなものが発見された。ちなみに、ピストルは柯秋心の護身用のものだった。

広寒宮舞場の支配人胡少山《こしょうざん》の証言によって、トルコ煙草は楊一鳴のもの、ハンカチは柯秋心のライバルダンサー徐楚玉《じょそぎょく》のものだと判明した。しかし、ハイヒールの主はわからず、砕かれた小箱の意味は不明、召し使いの厳小蓮も行方不明など、事件の謎は深まるばかり。

かたや、柯秋心の家から逃げ出した楊一鳴は、やっとの思いで新妻潘愛美《はんあいび》の待つホテルにたどりついた。だが、彼を迎えた潘愛美は顔面蒼白《そうはく》、目もうつろで、外出用の手袋には血がついているではないか。実は、彼女は楊一鳴の帰りを待つうち、楊一鳴と柯秋心を張り合う、成金実業家賈三芝《かさんし》の訪問を受けた。

賈三芝から、楊一鳴が結婚指輪を与えるほど柯秋心に夢中だと聞き、逆上した潘愛美は柯秋心の家に行き、やはり柯秋心の死体に出くわしてしまった。絨毯のハイヒールの跡は、彼女のものだったのである。たがいに相手が柯秋心を殺したのではないかと気づかいつつ、楊一鳴・潘愛美夫妻は即座にホテルを引き払い、タクシーに乗り込んだ。そのとき、一発の銃弾が車窓をかすめたが、幸い二人にケガはなく、委細かまわず先を急いだのだった。

一方、私立探偵霍桑は賈三芝のもとを訪れ、きびしく追及した。頭に血がのぼった賈三芝は、なんと隠しもったピストルを霍桑に向けて発砲、警察に拘留・尋問される羽目になった。尋問された賈三芝はこう答えた。ホテルにいた潘愛美を訪れたあと、高価な腕輪を購入し、柯秋心を訪れたが、彼女は腕輪を放り投げ、入れ物の小箱を踏みつける始末。このとき、召し使いの厳小蓮が仲裁に入り、腕輪だけ持って帰ったとのこと。また、賈三芝は腹の虫がおさまらず、楊一鳴夫妻に向かって威嚇《いかく》発砲したことだけは認めたが、柯秋心殺しは否認しつづけた。

さて、楊一鳴、潘愛美、賈三芝らが柯秋心殺しの真犯人でないことは明らかになってきた。だとすれば、ほんとうに殺したのは誰か。いよいよ名探偵霍桑の出番である。

第七十一話
舞宮魔影（下）

程小青《ていしょうせい》の『舞宮魔影《ぶきゅうまえい》』の物語展開をたどり、広寒宮舞場のトップダンサー柯秋心《かしゅうしん》が自宅で殺害され、事件現場に遺留品をのこした、成金実業家の賈三芝《かさんし》、小説家の楊一鳴《よういつめい》、その妻潘愛美《はんあいび》らはどうやら真犯人ではないというところまで、事件を追跡した。

名探偵霍桑《かくそう》は、行方不明になっている柯秋心の忠実な召し使い、厳小蓮《げんしょうれん》の存在が事件の鍵となるとみて、その行方を捜させた。まもなく、やつれはてた厳小蓮が保護され、霍桑はさっそく彼女から話を聞いた。これによれば、賈三芝を追い返したあと、柯秋心は小蓮に一通の手紙と結婚指輪（楊一鳴から借りたもの）をわたし、広寒宮舞場にいる楊一鳴に届けるよう申しつけた。このとき、柯秋心は寒いから着てゆくようにと、自分のコートを貸してくれた。これを着て外へ出たとたん、二人組の男に拉致《らち》され、監禁されたとのこと。

まもなく誘拐犯の一人、陳大彪《ちんだいひょう》が逮捕され、警察署長の余桐《よとう》と霍桑が尋問した。大彪

（上）上海・南京路　（下）ダンスホール内部

錯綜した人間関係ついに幕

が言うには、柯秋心の装身具を奪おうと誘拐を計画したが、誤って彼女のコートを着ていた厳小蓮を誘拐してしまった。まちがいに気づき柯秋心の家にもどると、ピストルの音が聞こえたので、室内をのぞき、柯秋心を殺した男の顔を見たとのこと。目撃者の出現である。

事件発生は九月二十八日午前一時ごろだが、翌日午前十時には、早くも北区警察署に、上海から出航した船中で捕まった楊一鳴夫妻、拘留中の賈三芝、誘拐犯の陳大彪、ダンサーの徐楚玉《じょそぎょく》、柯秋心の従兄王百喜《おうひゃくき》、厳小蓮ら、関係者一同が集められた。ちなみに、徐楚玉も柯秋心の家で死体を発見、仰天して逃げるとき、ハンカチを落としたと主張していた。

関係者一同がそろったところで、陳大彪に面通しさせると、大彪は王百喜を指さし「この男だ」と叫んだ。そのとき、厳小蓮が所持していた結婚指輪と手紙を奪い取り、逃走していた大彪の仲間張小黒《ちょうしょうこく》が連行されて来た。楊一鳴宛のその手紙には、柯秋心が王百喜にだまされ駆け落ちしてこのかた、彼にしぼりとられてきた顚末《てんまつ》が、くわしく記されていた。

それでも、王百喜はしらを切りつづけたが、名探偵霍桑に凶器のピストルの指紋はおまえのものだと指摘されるや、馬脚をあらわした。霍桑はこの直前、わざと自分のステッキを落として百喜に拾わせ、ステッキについた指紋とピストルの指紋が一致することを、突き止めていたのである。こうして目撃証言と指紋から、真犯人王百喜があぶりだされ、この錯綜《さくそう》したミステリーはついに終幕を迎える。脅してもすかしても、柯秋心が絶好の金ヅルたる賈三芝になびかないのが、百喜の犯行の動機だった。

一九二〇、三〇年代の上海の豪華なダンスホールを舞台とする、この華麗なミステリーは、錯綜した人間関係を鮮やかに描き分ける一方、指紋照合といった「科学的」手法もしっかり織り込むなど、読者を最後までひっぱる魅力に満ちあふれる。これぞまさしく出色の近代型エンターテインメントといえよう。

第七十二話

ホームズ対ルパン

一九一六年、『福爾摩斯偵探案全集（シャーロック・ホームズ全集）』が刊行された九年後の一九二五年、『亜森羅苹案全集（アルセーヌ・ルパン事件全集）』（モーリス・ルブラン原作。大東書局刊）が翻訳・刊行された。

ホームズ物の翻訳が「中国最初の偵探作家」程小青《ていしょうせい》（一八九三—一九七六）を生んだとすれば、ルパン物の翻訳は「中国最初の反偵探作家」孫了紅《そんりょうこう》（一八九七—一九五八）を生んだ。ちなみに、「反偵探」は中国式表現であり、怪盗ルパンのごとく、探偵と対立する存在を主人公とするミステリーを指す。

孫了紅は『亜森羅苹案全集』の翻訳にかかわったのを機に、創作に手を染めるようになった。彼は一九二〇年代後半から四〇年代に至るまで、中国版ルパンともいうべき怪盗魯平《ろへい》——中国音はルーピン(LUPING)であり、完全にルパン(LUPIN)のもじりである——を主人公とする、「俠盗魯平奇案《きょうとうろへいきあん》」シリーズを発表し、多くの読者を得た。なかでも

モーリス・ルブラン著
『怪盗紳士アルセーヌ・ルパン』表紙から
/Charmet (O)

じりじりと事件の真相に迫る

「血紙人（血染めの紙人形）」（一九四二）は、屈指の名作にほかならない。

富豪の王俊熙《おうしゅんき》はある恐怖映画を見てから気分がすぐれず、病床に伏すようになった。やがて血に染まった紙人形が目の前にちらつくようになり、ますます病勢がつのった。この話を聞いた医師の余化影《よかえい》はつてをたどって王俊熙の主治医となり、事情を探ったところ、意外な事実が判明した。実は王俊熙の妻は俊熙の秘書と深い関係にあり、共謀して血染めの紙人形を操り、俊熙を脅していたのだった。

この事件にはさらに裏があった。十二年前、王俊熙はある村の旅館の番頭だった。ある日、この旅館に大金をもった男が小さな娘を連れて宿泊した。王俊熙は当時、猛威をふるった新興宗教、白蓮教《びゃくれんきょう》の信者が幼児を誘拐するといううわさを利用し、まんまとこの大金を奪い取ることに成功する。紙人形をたくさん作り、その一枚一枚に村の子供の名前と生年月日を記して、男の荷物のなかにしのばせたあと、村人に「白蓮教の幼児誘拐だ」とふれまわり、怒った村人に男を殺させたのである。

王俊熙の妻は殺された男の娘だったが、父殺害の犯人だとは知らず、成長後、俊熙と結婚した。妻は夫の俊熙から病気の原因となった恐怖映画の筋立てを聞き、それがかつての父殺しと酷似していることから、夫が犯人だと確信をもち、因縁の紙人形をちらつかせて、恐怖をあおりたてたのだった。

この一連の事情を突き止めた余化影医師は、凶悪犯の王俊熙をショック死させた直後、彼の金銀財宝をごっそり奪って姿をくらました。夫を衰弱死させ遺産相続を狙った妻と愛人秘書は呆然《ぼうぜん》とするばかり。この余化影が実は怪盗魯平の変装だったことはいうまでもない。

最後まで余化影の正体をかくしながら、じりじり事件の真相に迫る語り口には、不気味なまでの迫力があり、見事なミステリーというほかない。また、ルパン物を下敷きにしているとはいえ、孫了紅の魯平シリーズは、まぎれもなく中国の風土と社会を舞台に展開されており、その意味でも程小青と匹敵する近代中国ミステリーの旗手というべきであろう。

第七十三話　終わりに

これまで七十二回にわたって、「中国ミステリーの系譜」をたどってきた。第一話から第四十七話では、四世紀前半に始まる六朝志怪《りくちょうしかい》小説集から、明末（十六世紀末―十七世紀初め）の『包公案《ほうこうあん》』を中心とする公案小説集に至るまで、中国古典ミステリーの流れをたどった。

中国古典ミステリーは長い時間をかけてはぐくまれてきたとはいえ、ミステリーが一つのジャンルとして認知されるのは、公案小説集が続々と刊行された明末になってからだ。公案小説の基本的なパターンは、超越的な推理能力をもつ名裁判官が快刀乱麻、難事件の謎を解き、真犯人を突き止めるというものである。公案小説の最高峰は、名裁判官包拯《ほうじょう》の数々の名裁きを描いた、『包公案』にほかならない。

清代以降も公案短編小説集は依然として編まれつづけたが、ついに明末の『包公案』を凌駕《りょうが》しえなかった。せんじつめれば、公案小説というスタイル、ひいてはジャンルじ

二十一世紀の程小青に期待込め

程小青の作品が掲載された
「旅行雑誌」（一九二七年刊）の広告から

たいが、そのままでは変化することも発展することも不可能だったということであろう。清代以降、中国ミステリーの系譜は意外な分野で受け継がれ、精錬の度を高めた。公案小説が白話《はくわ》（話し言葉）で書かれたのとは対照的に、士大夫知識人階層に属する文人が筆のすさびに文言《ぶんげん》（書き言葉）で著した、筆記（記録・随筆。短編小説）のジャンルがこれにあたる。

そこで、第四十八話から第七十二話では、まず清代前期の文言による怪異短編小説集『聊斎志異《りょうさいしい》』（蒲松齢《ほしょうれい》著）を皮切りに、筆記類にみえる短編ミステリーを紹介した。清代の筆記類は膨大な量にのぼり、収録されたミステリーも総計すればおびただしい数になる。

知識人階層にミステリー趣味が広がる一方、清代中期以降、白話で書かれた公案小説も変貌する。清官《せいかん》と豪傑が協力して難事件に立ち向かう顚末《てんまつ》を描く、長編形式の「公案・武俠《ぶきょう》小説」が誕生するのである。ただし、活劇的展開を重視するこの形式は、ミステリーの原則からは逸脱したものといわざるをえない。

中国ミステリーは十九世紀末から二十世紀初頭、翻訳ブームがおこり、シャーロック・ホームズ物やアルセーヌ・ルパン物が続々と翻訳・刊行されたのを機に、大転換を遂げる。やがて、これら翻訳ミステリーの影響を深く受けた、程小青《ていしょうせい》・孫了紅《そんりょうこう》など新しいタイプのミステリー作家が登場、一九二〇年代から四〇年代前半にかけて大活躍し、中国ミステリーはもののみごとに「近代化」される。

現代中国ミステリーの世界には、程小青や孫了紅に匹敵する作家はまだ出現していない。ちなみに、一九八〇年代から今日に至るまで、怒濤《どとう》のように外国ミステリーが翻訳・刊行され、日本物でも江戸川乱歩から赤川次郎まで、多種多様のミステリーが、多くの読者を得ている。この状況は十九世紀末から二十世紀初頭の中国に酷似しており、もう少し時間がたてば、二十一世紀の程小青・孫了紅が誕生することであろう。さらなる中国ミステリーの展開を期待しながら、本書を終えたいと思う。

あとがき

私はもともと異様なミステリー好きなので、いつかおりがあれば、「中国ミステリー」の系譜をたどる本を書いてみたいと思い、ずっと中国ミステリー関連の書物を買いためてきた。今回、機会があって執筆するにあたり、これらをまとめ読みすることができたのは、ほんとうに楽しい経験であった。

中国ミステリーの流れは、六朝《りくちょう》時代（三世紀始め—六世紀末）に大量に作られた「志怪《しかい》」と総称される怪奇短編小説群にまで遡《さかのぼ》ることができる。このなかにすでに怪奇ミステリー風の作品が相当みられるのである。さらに、八世紀後半の中唐《ちゅうとう》以降、「唐代伝奇《とうだいでんき》」と総称される短編小説が盛んに作られるようになるが、このなかにも犯罪をテーマとする作品が含まれている。唐代伝奇小説群は怪奇趣味に満ちあふれた六朝志怪小説群に比べると、総じて物語展開がよりリアリスティックであり、ミステリー仕立ての作品もリアルな作風のものが多い。時代が下り、宋代《そう》（北宋九六〇―一一二六、南宋一一二七―一二七九）になると、『棠陰比事《とういんひじ》』（南宋、桂万栄《けいばんえい》編）を代表とする裁判説話集が編纂されて、多種多様な犯罪の様相が紹介され、後世の中国ミステリーに大いなるヒントを与えた。

上記の六朝志怪、唐代伝奇、宋代裁判説話集にみえる作品は、すべて知識人の書き言葉「文言《ぶんげん》」を用いて著されているのが特徴である。一方、宋代以降、民衆世界において語り物や芝居が盛んになり、これらを文字化した講釈師のテキスト「話本《わほん》」や、元代《げん》（一二七九―一三六八）の芝居「元曲《げんきょく》」のテキストも出回るようになる。これら「話本」や「元曲」で用いられた文体は、話し言葉の「白話《はくわ》」である。

「話本」には長編連続形式と短編単発形式があり、明代《みん》（一三六八―一六四四）以降、前者を母胎として白話長編小説『三国志演義』『水滸伝』『西遊記』などが生まれ、後者を母胎として白話短編小説集「三言《さんげん》」や「二拍《にはく》」が生まれる。このうち、明末に編纂された「三言」の作品には、南宋以来の短編話本をほぼ原型どおり採録したものと、明代の文人がそうした話本のスタイルを真似て著した「擬話本《ぎわほん》」の双方が混在している（「二拍」はおおむね「擬話本」のみ）。

こうして白話で書かれた「話本」「擬話本」「元曲」のジャンルには、盛り場育ちの文学らしく、読者や観客の好奇心を刺激するミステリー仕立ての作品が数多く収められている。ちなみに、その物語展開や表現テクニックは六朝志怪や唐代伝奇に比べると、はるかに巧妙複雑になっている。

以上のように、中国ミステリーの流れは、文言で書かれた六朝志怪・唐代伝奇・宋代裁判説話集から、白話で著された話本および擬話本・元曲へと、長い前史をたどって、十六世紀末から十七世紀初めの明末に至り、ようやく一つのジャンルとして意識されるようになる。「まえがき」にも述べたように、この時期になって、「～公案《こうあん》」と銘打たれた短編ミステリー集が続々と刊行されるのである。こうした公案短編小説集の白眉は、ほとんど超能力者というべき、北宋の名裁判官包拯《ほうじょう》が快刀乱麻、数々の難事件を解決するさまを描く『包（龍図《りゅうと》）公案』にほかならない。

明末に極盛期を迎えた公案短編小説は、十七世紀中頃以降、清代《しん》（一六四四―一九一二）に入っても作られつづけるが、明末の作品ほど精彩がないのは否めない事実である。これにかわり、犯罪を扱うすぐれた小品が続々と出現したのは、「筆記」のジャンルである。「筆記」は随筆・記録・短編小説など、多種多様の作品を包含するジャンルであり、宋代以来、多くの文人によってたえまなく「筆のすさび」として書き継がれてきたものだ。ちなみに、ここで用いられる文体は、いうまでもなく書き言葉の文言である。清代には、蒲松齢《ほしょうれい》の『聊斎志異《りょうさいしい》』、袁枚《えんばい》の『子不語《しふご》』『続子不語』、紀昀《きいん》の『閲微草堂筆記《えつびそうどうひっき》』などを筆頭に、この筆記短編小説の分野からミステリー仕立ての佳品が輩出するに至る。

こうして、士大夫《したいふ》知識人の間に、怪異趣味と平行する形でミステリー趣味が浸透する一方、十八世紀後半の清代中期以降、公案小説のジャンルに大きな変化がおこる。公案小説に武俠《ぶきょう》小説の要素が加味されて「公案・武俠小説」となり、従来の短編読み切り形式一辺倒から長編小説形式へと転換するのである。「公案・武俠小説」とはつまるところ、清廉潔白な官吏（清官）と俠気と武勇にあふれる豪傑が、一致協力して種々の難事件を解決する顛末《てんまつ》を、伝統的な章回小説形式で書きつづったものにほかならない。この分野の最高傑作は、かの名裁判官包拯を主人公とする『三俠五義《さんきょうごぎ》（忠烈俠義伝）』（全百二十回。一八七九年初版刊行）である。

このように六朝から清末に至るまで、文言小説・白話小説の両面において連綿と書きつがれ、独自のプロセスを経て展開されてきた中国古典ミステリーの世界も、ついに終幕を迎える時が来る。そのきっかけになったのは、清末から中華民国初期（十九世紀末―二十世紀初頭）にかけて、外国小説の翻訳ブームがおこり、コナン・ドイルのシャーロック・ホームズ物やモーリス・ルブランのルパン物をはじめ、おびただしい西洋の「偵探《ていたん》小説」があいついで翻訳・刊行されたことである。これらの作品は、文言といわず白話といわず、犯罪を扱った作品に慣れ親しんできた中国の読者に大歓迎され、圧倒的な人気を博した。これと連動して、「偵探小説」の翻訳にかかわった人々のなかから、外国ミステリーの表現手法に習熟したうえで、みずから新たなミステリー作品を創作する作家が登場し、中国ミステリーの世界はその面貌を一新する。ホームズ物の翻訳にたずさわった程小青《ていしょうせい》、ルパン物の翻訳にかかわった孫了紅《そんりょうこう》はその代表的存在である。

以上が、本書で扱った「中国ミステリー」のおおまかな流れであり、本書ではこの流れに沿った形で、三世紀中頃から二十世紀中頃までの作品を順次とりあげ、中国ミステリーの世界を探った。もっとも、本書の主眼は「中国ミステリー史」を描くことにあるのではなく、あくまで個々の具体的作品の面白さのエッセンスを浮き彫りにすることにある。私自身、執筆するにあたって、十分楽しみながら数々の作品を読み、興趣あふれる物語展開に浸ると同時に、個々の作品の背後から浮かびあがってくるそれぞれの時代と社会の雰囲気、その渦中で生きた人々の息づかいまで、臨場感をもって感じとることができた。こうした臨場感は、欲望のうずまく俗なる世界で発生する「犯罪」を描く、俗文学中の俗文学「中国ミステリー」ならではのものだといえよう。

本書はもともと二〇〇一年九月から二〇〇二年八月までの一年間、毎週火曜計四十七回、および二〇〇二年十一月から二〇〇三年四月までの半年間、毎週火曜計二十六回、トータルにすれば一年半、合計七十三回にわたって「京都新聞」に連載したものである。このたび一冊の本にまとめるにあたり、こまかな字句の訂正や挿絵の入れ替えなどを行ったが、全体として大きな変更はない。

本書ができあがるまで、多くのかたのお世話になった。連載のきっかけを作ってくださった「京都新聞」文化報道部の山中英之氏、七十三回にわたる連載のすべてを担当し、終始一貫、楽しく書かせてくださった岩本敏郎氏に、まずお礼を申し上げたい。出版にさいしては、NHK出版編集部の後藤多聞氏のお世話になった。後藤氏は本書が楽しい本になるよう、工夫を凝らして編集・構成してくださった。ここに心からお礼を言いたいと思う。

なお、巻末に連環画を付したのも後藤氏のアイデアであり、ここに載せた連環画をさがしてくださったのは、佛教大学教授の吉田富夫氏である（実務は吉田氏の教え子、院生の藤田尚代さんにお願いした）。実は、一九六〇年代末、吉田氏は助手として、後藤氏と私は大学院生として、京都大学文学部中国文学研究室で一時期をともに過ごした。三十余年の時を経て、本書『中国ミステリー探訪―千年の事件簿から』で、お二人のお世話になったことを思うと、まことに感慨尽きないものがある。後藤さん、吉田さん、ほんとうにありがとうございました。

二〇〇三年十月

井波律子

引用文献

1◉テキスト

『捜神記』一九七九年中華書局
『幽明録』鄭晩晴輯注　一九八八年文化芸術出版社
『顔之推冤魂志研究』王国良校注　一九九五年文史哲出版社（台北）
『唐人小説』汪辟疆校注　一九七八年上海古籍出版社
『棠陰比事』一九八〇年群衆出版社
『元曲選』（臧晋叔編）一九五八年中華書局
『古今小説』一九八七年上海古籍出版社影印本（底本は国立公文書館蔵明天許斎刊本）
『警世通言』一九八七年上海古籍出版社影印本（底本は名古屋蓬左文庫蔵天啓四年〔一六二四〕兼善堂刊本）
『醒世恒言』一九八七年上海古籍出版社影印本（底本は国立公文書館蔵明葉敬池刊本）
『拍案驚奇』一九八五年上海古籍出版社影印本（底本は広島大学蔵崇禎元年〔一六二八〕尚友堂刊本）
『古今小説』許政揚校注　一九五八年人民文学出版社排印本
『警世通言』厳敦易校注　一九五六年人民文学出版社排印本
『醒世恒言』顧学頡校注　一九五六年人民文学出版社排印本
『拍案驚奇』章培恒整理・王古魯注釈　一九八二年上海古籍出版社排印本
『今古奇観』（抱甕老人著）一九五七年人民文学出版社排印本
『包公案』一九八五年宝文堂書店
『包公案・狄公案』一九九七年華夏出版社
『廉明公案・諸司公案・明鏡公案』一九九七年群衆出版社
『聊斎志異』張友鶴輯校　一九六二年中華書局
『子不語』申孟・甘林点校　一九八六年上海古籍出版社

『閲微草堂筆記注訳』　北原・西崖校注　一九九四年中国華僑出版社
『鹿洲公案』　劉鵬雲・陳方明注訳　一九八五年群衆出版社
『明清案獄故事選』　華東政法学院語文教研室編　一九八三年群衆出版社
『彭公案』　尹明・季陸編　一九九四年天津古今籍出版社
『龍図耳録』　一九八一年上海古籍出版社
『三俠五義』　一九八〇年上海古籍出版社
『七俠五義』　林山校訂　一九八〇年宝文堂書店
『九命奇冤』　一九八一年山西人民出版社
『程小青文集—霍桑探案選』　一九八六年中国文聯出版公司

2◉翻訳書

『捜神記』　竹田晃　平凡社（東洋文庫）　一九六四年
『幽明録』　前野直彬・尾上兼英　平凡社（東洋文庫）　一九六五年
『六朝・唐・宋小説選』　前野直彬　平凡社（中国古典文学大系）　一九六八年
『唐宋伝奇集』（全二冊）　今村与志雄　岩波文庫　一九八八年
『棠陰比事』　駒田信二　岩波文庫　一九八五年
『戯曲集（上）』　吉川幸次郎・田中謙二・浜一衛　平凡社（中国古典文学大系）　一九七〇年
『宋・元・明通俗小説選』　松枝茂夫　平凡社（中国古典文学大系）　一九七〇年
『今古奇観』（全五冊）　千田九一・駒田信二　平凡社（東洋文庫）　一九六五—七五年
『聊斎志異』（全二冊）　松枝茂夫・増田渉など　平凡社（中国古典文学大系）　一九七〇—七一年
『閲微草堂筆記・子不語』　前野直彬　平凡社（中国古典文学大系）　一九七一年
『鹿洲公案』　宮崎市定　平凡社（東洋文庫）　一九六七年
『三俠五義（抄）』　鳥居久靖　平凡社（中国古典文学大系）　一九七〇年

【解説】

面白さのエッセンスを浮き彫りに

永田知之

「子《し》は怪力乱神《かいりきらんしん》を語らず」(『論語』述而《じゅつじ》)。怪異、超人的な力、混乱・無秩序、鬼神に言及しなかった「子」こと孔子(前五五一~四七九)の態度は、彼が長く最高の権威であり続けた中国で、各方面に多大な規制を及ぼす。言語表現も例外ではなく、怪異などは堂々たる語りの対象とは目されなかった。「(暴)力」と「(混)乱」が付き物の犯罪も同様だった。さて、それでは本書で著者が着目する作品は、なぜ今日に伝わったのか。

もとより、悪事と無縁な人間の社会は想像し難い。悪徳の抑制を儒教が主張する一方で、犯罪の記事は中国の早い文献にも見出せる。第三十話では、『棠陰比事《とういんひじ》』から高諧《こうかい》(?~五五七)と楊津《ようしん》(四六九~五三二)が策略を用いて盗難事件を解決した逸話が示される。『棠陰比事』は、主として歴史書(正確にはそこから実話を採録した先行する裁判説話集)に裁判の説話を求める。高諧と楊津の話柄も、史書の『北史《ほくし》』巻五十一と『魏書《ぎしょ》』巻五十八を出典とする。

二人は共に州の長官だったが、当時の地方官は概ね司法官の役割を兼ねていた。第四十六話に見える大岡越前守《えちぜんのかみ》こと大岡忠相《ただすけ》（一六七七〜一七五一）が行政官（江戸南町奉行）ながら、裁判官として専ら名高いことが想起される。楊津らの伝記が犯罪の解決を描く目的は、両名が有能な官僚だと示す点にある。両者は五・六世紀の人物だが、古くは春秋時代（前七七〇〜前四〇三）の出来事として類例が伝えられる。

すなわち外出の際に女性の泣き声を耳にした鄭《てい》国（前八〇六〜前三七五）の宰相子産《しさん》（？〜前五二二）が後で彼女を捕えさせると、夫の殺害を白状した。子産は「悲しみではなく、恐れによる泣き声だったからだ」と逮捕の理由を述べる。これを記す文献（『韓非子《かんぴし》』難《なん》三）が成立した時期（前三世紀後半）から、実在の為政者に関わっては犯罪がごく早くに語りの対象になっていたと知られる。この流れは、牛をめぐる事件への包拯《ほうじょう》の明察が『宋史』（巻三百十六）の伝記に載ること（第二十六話）など、後世にも続いていく。犯罪の事跡は、まず記録として文献に現れたのだった。

三世紀から六世紀にかけて作られた「志怪《しかい》」は、そこに変化を生じさせる。幽霊や祟《たた》り（死者による復讐）は多くが非業の死の結果なので、これらを描く「志怪」が冤罪や殺人、それらに伴う謎解きや裁判の記述を含んでも不思議はない（第一話、第五話）。中国ミステリーの世界を探る本書が「志怪」より筆を起こす原因は、ここにあった。

こうして中国での犯罪の語りは数を増していく。だが、それは創作の標榜を意味しない。「志怪」は「怪を志《しる》す」、それに続く「伝奇」（第五・六話）などと呼ばれる物語も「奇を伝える」と、内実はさておき事実の記述を建前としたからである。

そもそも事実か否かの区別は、必ずしも容易ではない。第二話で引く『棠陰比事』を例に取ろう。本書では省略されるが、董豊《とうほう》は「馬に乗って川に入ると、水の中に太陽が二つあり、馬の左側が濡れていた」という嫌な夢を見たのだった。これを聞いた司法長官は馬の左側に二《に》水《すい》（冫）を加えれば「馮《ふう》」、二つの太陽（日）は「昌《しょう》」だから真犯人の姓名は馮昌と断じる。現代の視点に立てば非合理的な夢解きを含む、この逸話は前秦《ぜんしん》（三五一〜三九四）で首都の司法長官を務めた苻《ふ》融《ゆう》（?〜三八三）の事跡として、歴史書の『晋書《しんじょ》』（巻百十四）に記される。また「伝奇」の「謝小娥伝《しゃしょうがでん》」は、やはり夢の中で犯人の名を漢字による謎かけで示す（第六話）。そして、その概略も史書の『新唐書《しんとうじょ》』（巻二百四）に引かれ、「伝奇」を記録と見なすこともあったと分かる。

「志怪」や「伝奇」もこうである以上、史実に材料を仰ぐ裁判説話集には、記録の体裁がより色濃い。いったい、それらの説話集は実用に供すべく編まれたと序文などで述べることを通例とする。桂万栄《けいばんえい》も、『棠陰比事』の序で大略こう述べる。「ある役人から容疑者の供述に矛盾がない殺人事件について、自分独り納得できず再調査の末に真犯人を捕えられた話を聞き、私は襟をただした」。そこで『棠陰比事』を編んだが、「民を慈《いつく》しみ冤罪に泣く者をなくせるように」したいものだ、と。当時（一二一一年）の桂万栄は大都市で司法官の職にあり、優れた捜査や裁判の先例は彼自身が切実に欲していた。時代は十八世紀の前半に下るが、藍鼎元《らんていげん》は県知事として自らが扱った案件を『鹿洲公案《ろくしゅうこうあん》』に記録した（第五十六・五十七話）。これも後人の参照を意図してのことではないか。

要するに事実の記録や捜査の実例、裁判には慎重を期すべきだという統治者への戒めと称して犯罪が文献に残される時代が、中国では長く続いた。加えて、刑罰を恐れて罪を犯さぬよう庶民を諭す性格も、それらは含んでいたかもしれない。結局「中国ミステリーの流れは」「長い前史をたどって、十六世紀末から十七世紀初めの明末に至り、ようやく一つのジャンルとして意識されるようになる」（あとがき）。

それでは「長い前史」の間、犯罪の記述は、記録や戒めとしてのみ認識されてきたのか。そうではあるまい。身も蓋もない言い方だが、当時から多くの人々が面白いと感じたからこそ、このような記述は数多く現れたのだ。著者が「中国にはこんな面白い「犯罪を扱った作品」がヤマとあるのだ」（まえがき）と述べる「面白い」「作品」も、これらを含んでのものだろう。

「怨恨《えんこん》や欲望の暴発など、人の心の闇《やみ》が引き起こす異常な事件や犯罪」（第二話）を「某某事件」と呼んで語り継ぐことは、現代の日本でも珍しくない。また日刊新聞で刑事事件の記事を含む社会面に「三面記事」の別称があった事実は、犯罪が世の耳目を引きやすいことを象徴する。中国でも、記録や教訓という意味をのみ求めるならば、先に挙げた子産の逸話はこう書かれてもよかったはずだ。

「ある女性が夫を殺し、そのことを隠そうと泣き声を上げていた。外出してそれを聞いた子産は悲しみではなく恐れによる声と考え、彼女を捕らえさせたところ、犯行を自供した」。だが実際には、（夫が殺された点も含めて）下手人が誰か、子産が真相に至った要因は最後に明かされる。本書が扱う物語も、みな犯人、犯罪・謎解きの経緯、時に探偵役が用いる犯罪者を誘き出す手段の、どれか一つは結末まで隠す形を取る。これは全て原話のとおりで、著者が書き改めたというわけではない。

何を当然のことを、と言われるかもしれない。しかし「志怪」や「伝奇」等は、前近代の産物である。そうでありながら種明かしを末尾に置く点は、西洋近代の推理小説と軌を一にする。途中で勘所が明らかになる作品など、後世まで伝わるまい。謎を終盤まで残して興味を引くこの手法から、犯罪と謎解きの語りを面白く思う創作者、それらを喜ぶ享受者の存在が読み取れよう。記録・先例、戒めのためとする主張は、犯罪という不道徳を語る口実として、多分に機能したのではないか。

こうした「前史」を受けて、「公案小説」が出現する。「公案」は官庁の文書・判決文を表すが、著者が「公案小説」を「事件小説」と解する（まえがき）ように、役所で扱う事件の意味も後に派生した。南宋の文献『都城紀勝《とじょうきしょう》』（一二三五年）によると、当時の首都臨安《りんあん》（現浙江《せっこう》省杭《こう》州市）では盛り場での講釈に、「説公案《せっこうあん》」というジャンルがあった。「公案を説く」、犯罪や謎解きを語る演目が十三世紀までに発生していたと分かる。書籍としての刊行は明末まで遅れるが、「公案小説」はこれらの講釈を母体とする。

本書は『包公案』（この「公」は包拯への敬称、「案」は事件・裁きを指す）など、「白話」の作品に紙幅を多く費やす。包拯や第六十三話に現れる施世綸《しせいりん》（一六五九～一七二二）、『彭公案』では「彭朋」と記す彭鵬《ほうほう》（一六三七～一七〇四）ら、現実にはごく稀な弱者を助ける官僚に対する民衆の渇望も相俟って、これらは大いに人気を博す。その自由な創作は、

「文言《ぶんげん》」より伝統の束縛が弱い「白話《はくわ》」を用いたことに起因する（第八話）。

やがて「文言」の世界にも、新たな傾向が芽生える。第四十八話以降では、そういった現象が取り上げられる。袁枚《えんばい》『子不語《しふご》』（第五十三話など）の表題は、その例となろう。それは、孔子が語らなかった「怪力乱神」に光を当てるとの宣言だからである。

さらに「文言」でミステリー風の物語を著しつつ（第六十話）、白話の公案・武俠《ぶきょう》小説を『七俠五義《しちきょうごぎ》』に改作した兪樾《ゆえつ》の例（第六十四話）もある。実は子産の物語や第二話の『捜神記《そうしんき》』（「志怪」）、第三話の『包公案』「白塔巷《はくとうこう》」（「公案小説」）、第六十一話の『粤屑《えつせつ》』（「文言」の小説）のように「文言」・「白話」を通して女性の泣き声による犯罪の露見など「中国古典ミステリーに特徴的な道具立て」（第四十七話）を共有する物語も少なくない。同一の要素を「手を変え品を変えアレンジしながら、物語世界を形作って来た」（同）からこそ、「面白い」作品が生まれたと考えられる。

もっとも物語を「面白い」と思い、「面白さのエッセンスを浮き彫りに」（あとがき）して紹介するためには、相応の感性が必要となる。だが次のように語る著者に、その点で不安はない。「六〇年代の末、ほぼ同時期に江戸川乱歩全集と東洋学の泰斗《たいと》、内藤湖《こ》南《なん》の全集が刊行された。まだ学生で資金が乏しかった私は、悩んだあげく乱歩全集を買うことにした。必要なのは湖南全集であることはわかりきっていたのに。それから二十数年、湖南全集は品切れのまま手に入らない。図書館に湖南全集を借りにゆくたび、私は自分の愚かさを呪う羽目になったのだった」（「ミステリ趣味」、井波陵一編『時を乗せて折々の記　中国文学逍遥二』本の泉社、二〇二三年、初出一九九四年）。

専攻に関わる書物ではなく、推理小説を手に入れる、「異様なミステリー好き」（あとがき）だと複数の文章で告白する著者らしい選択ではないか。本書を著す際に「中国ミステリー関連の書物」「をまとめ読みすることができたのは、ほんとうに楽しい経験であった」（同）とは偽らざる心境だったに違いない。いま二話以上にかけて、一つの作品を扱う事例に注目しよう。

『舞宮魔影』（初出は『旅行雑誌』第三巻第一号～第四号、一九二九年）を語る三話（第六十九話～第七十一話）を含めて、この種の例は十指に余る。その（上）や（中）は、物語の山場で続きに期待を抱かせる言葉で終えられる。新聞紙上の連載を原型とすることにもよるが、これは「白話」の長大な小説が「この後どうなりますか。それは次回で」と講釈の口調で各章を閉じる形と似通う。読み手に展開を見通させない推理小説の記述にも通じる語り口に、自身の「楽しい経験」を読者に共有させたい著者の思いが見て取れる。

民国期の中国ミステリーに限っても、日本語の研究書（樽本照雄『漢訳ホームズ論集』汲古書院、二〇〇六年、池田智恵『近代中国における探偵小説の誕生と変遷』早稲田大学出版部、二〇一四年など）は、なお多くない。そこには「小説」を「俗文学として軽視」した（まえがき）ことと同様、世にいう「純文学」より推理小説を軽く扱う傾向も関わろうか。その中で「志怪」から近代までの中国ミステリーを見通す前例のない本書は、「面白い」と感じることを遠慮なく語る著者にして初めて可能な著述だったように思えてならない。

現に研究者の無関心をよそに、今日の中国で推理小説は広範な読者を擁し、「華文《かぶん》ミステリ」と総称されるほど近作の邦訳も相次いでいる（阿井幸作「犯罪と謎解き――ミステリー小説」武田雅哉・加部勇一郎・田村容子編著『中国文学をつまみ食い――『詩経』から『三体』まで――』、ミネルヴァ書房、二〇二二年、押野武志「日本現代ミステリと華文ミステリとの交差」佐野正人・妙木忍編著『東アジアのメディア・ジェンダー・カルチャー　交差する大衆文化のダイナミズム』明石書店、二〇二四年）。第七十三話の末尾で著者の「期待」した「さらなる中国ミステリーの展開」が、現実になりつつある。それを含む炯眼《けいがん》に満ちた本書の再刊を喜びたい。

（京都大学人文科学研究所准教授）

本書は二〇〇三年十一月にＮＨＫ出版より単行本化行されたものを、文庫化したものです。文庫化に際して、単行本の巻末に掲載されていた連環画は割愛いたしました。

井波律子（いなみ・りつこ）
中国文学者。1944年－2020年。富山県生まれ。京都大学文学部卒業後、同大学大学院博士課程修了。国際日本文化研究センター名誉教授。2007年『トリックスター群像　中国古典小説の世界』で、第10回桑原武夫学芸賞受賞。主な著書に『三国志演義』『奇人と異才の中国史』『中国の五大小説』『中国名言集 一日一言』『中国名詩集』『三国志名言集』、『キーワードで読む「三国志」』『水滸縦横談』『史記・三国志 英雄列伝』『読切り三国志』（小社刊）など多数。個人全訳に『三国志演義』（全4巻）『世説新語』（全5巻）『水滸伝』（全5巻）『完訳 論語』がある。

中国ミステリー探訪　千年の事件簿から
潮文庫　い－14

2024年　11月20日　初版発行

著　者　井波律子
発行者　前田直彦
発行所　株式会社潮出版社
〒102-8110
東京都千代田区一番町6　一番町SQUARE
電　話　03-3230-0781（編集）
03-3230-0741（営業）
振替口座　00150-5-61090
印刷・製本　中央精版印刷株式会社
デザイン　多田和博

ISBN978-4-267-02443-6 C0195

潮文庫　好評既刊

キーワードで読む「三国志」　井波律子

名将、老将、美女、兵糧、名馬、軍師、武器、天文観察――。物語に関連する厳選した文言(キーワード)から、「三国志」の魅力を、まったく新しい視点で味わい尽くす!!

水滸縦横談　井波律子

「豪傑たち」「梁山泊」「『水滸伝』の魅力」の三つのテーマをめぐって、壮大なストーリーを多様な角度から捉え、その波瀾万丈、起伏にとんだ物語展開の妙味を探る!

史記・三国志英雄列伝　井波律子

始皇帝、項羽、劉邦、漢の武帝、諸葛亮、曹操、劉備、孫権――。華々しく時代を駆け抜けた『史記』『三国志』に登場する漢(おとこ)たちの壮絶な魅力を語り尽くす!!

読切り三国志　井波律子

『三国志』に登場する超一流の英雄たちを、「正史」と「演義」を巧みに織り交ぜながら、歯切れよい名調子で語り尽くして描き出す、波瀾万丈、痛快無比の決定版!!

トリックスター群像――中国古典小説の世界　井波律子

『三国志演義』『西遊記』『水滸伝』『金瓶梅』『紅楼夢』。中国五大長篇小説の魅力を、まったく新しい切り口から紐解いた名著。第10回「桑原武夫学芸賞」受賞作。